ESPURNA
bromera

ESPURNA

ÚLTIMS TÍTOLS PUBLICATS

88. *Només ens queda l'amor.* Agustín Fernández Paz
89. *Wendy Ataca.* Andreu Martín
90. *Pell d'escata.* Enrich Lluch
91. *Qui és el de la foto?.* Maria Carme Rosa
92. *La violinista de París.* Joan Pla
93. *Poderosa 2.* Sérgio Klein
94. *Wendy i l'enemic invisible.* Andreu Martín
95. *El verí de la cobra.* Josep Millo
96. *Barça ou barzakh!.* Gemma Pasqual i Escrivà
97. *PQPI Connection.* Lluís Miret
98. *El centre del laberint.* Agustín Fernández Paz
99. *Resurrecció.* Silvestre Vilaplana
100. *Fantasmes de llum.* Agustín Fernández Paz / Miguelanxo Prado
101. *En les mars perdudes.* Raquel Ricart.
102. *Somnis trencats.* Jordi Sierra i Fabra
103. *L'any que vam córrer perillosament.* Manel Joan i Arinyó
104. *Sota les pedres.* Dolors Garcia i Cornellà
105. *Les ombres del bosc.* Vicent Enric Belda
106. *La muntanya invisible.* Francesc Gisbert
107. *El dia que Wendy va conèixer el monstre.* Andreu Martín
108. *Les verges del Sol.* Miquel Rayó
109. *L'aurora de la fi del món.* Pep Castellano
110. *Història de Sam. Deus ex machina.* Vicent Enric Belda

L'editorial posa a disposició del professorat el document *Taller de prevenció del maltractament a l'escola* per a l'aprofitament didàctic d'aquest llibre. El podeu descarregar de forma gratuïta a través d'Internet: www.bromera.com.

Polígon Industrial 1 - 46600 Alzira
www.bromera.com
Disseny de la col·lecció i coberta: Pere Fuster
Impressió: Romanyà - Valls

1a edició: febrer, 2003
13a edició: novembre, 2014
ISBN: 978-84-7660-750-3
DL: B-36599-2011

L'INFERN DE MARTA

Pasqual Alapont

LA MÀSCARA DE L'AMOR

Vicente Garrido

ESPURNA

bromera

NOTA PRÈVIA

Els lectors es troben davant d'una simbiosi entre una obra literària i un llibre d'autoajuda. Aquesta obra és, sens dubte, una eina original i poderosa perquè les xiques –i també els xics– comprenguen que la capacitat d'evitar enamorar-se de persones violentes, o almenys d'evitar seguir mantenint aquesta mena de relacions, està sota la seua responsabilitat, que és una cosa que només elles poden aconseguir.

Això no significa de cap manera que elles tinguen la culpa del que els succeeix; res d'això. Més aviat, volem despertar en les seues ments i en la seua sensibilitat l'enorme potencial que alberguen de pretendre aconseguir una vida feliç i digna com a valor suprem de l'existència, reconeixent des dels anys adolescents que la felicitat solament es pot aconseguir quan el tracte personal és ple de respecte i consideració cap a l'altre. I aquestes qualitats també s'han d'exigir en les persones per les quals ens interessem afectivament.

D'altra banda, volem posar l'èmfasi en la importància que els pares i els professors poden tenir a l'hora de desenvolupar aquesta sensibilitat. En una època en què el maltractament a la dona sacseja els periòdics cada dia, no hem de renunciar a emprar els llocs que per excel·lència formen la personalitat i l'intel·lecte dels joves: la família i l'escola.

Resultaria molt instructiu que els pares llegiren *L'infern de Marta* i *La màscara de l'amor* i comentaren ambdues obres amb els fills i les filles, que introduïren –sense vergonyes falses– el tema de l'amor i la seua mentida –la violència– com una de les converses que tot pare i tota mare pot i ha de mantenir amb els fills. El fet que una persona siga molt gelosa significa que et vol més? Has de renunciar als teus ideals per a mantenir una relació? S'ha de culpabilitzar u mateix pel fet que una relació isca malament? Aquestes són només algunes de les preguntes que caldria debatre al si de la família.

De la mateixa manera, el professor pot emprar ambdues obres per a elaborar un taller de prevenció del maltractament a l'escola. A la pàgina web: <www.bromera.com> trobarà les instruccions adequades per a fer-ho. El taller ha sigut elaborat per la pedagoga Inmaculada Aroca i per Vicente Garrido.

Confiem que aquest llibre ajude a evitar que més dones patisquen actes de violència. Desitgem, a més, que les joves que llegisquen *L'infern de Marta* entenguen moltes coses que semblen inexplicables quan compartisquen les reflexions que proposem a *La màscara de l'amor.* I esperem també que els xics que llegisquen aquests dos textos vulguen contribuir, amb entusiasme i amb la solidaritat pròpia de l'edat, perquè aquesta violència d'alguns dels seus companys de sexe no arribe a prosperar mai.

L'INFERN DE MARTA

Pasqual Alapont

I. F., DE 22 ANYS (A TALL DE PRÒLEG)

Una vesprada de setembre, de finals de setembre, Isabel va agafar aire a plens pulmons i va fer l'avionet corrent entre els pins de la devesa, desplegant els braços com si foren ales i petarrejant amb els llavis, talment un monoplà de la Primera Guerra Mundial, com tantes vegades havia fet de menuda quan aterrava eufòrica a les mans del pare, unes mans que recordava sempre aspres i amb regust de sal. Feia fred, un fred lleu, agradable fins i tot després de la calor enganxosa de l'estiu, i Isabel duia un jersei blanc de punt fet per ella mateixa, amb una sanefa de carrancs verds que li havien costat de teixir una eternitat d'hores.

Un instant després es va deixar anar exhausta damunt la pinassa i el seu xicot la va acotxar amb la jaqueta; de nou li va venir al cap el pare, llançant-la enlaire, amb aquelles mans fermes de pescador, i va sentir a dins seu unes riallades que ben bé podien ser les seues i que es confonien amb aquestes d'ara, provocades per la por de caure i el desig de volar.

Va experimentar aquesta mateixa sensació quan va sentir els llavis d'ell humitejant-li els seus, i va tancar els ulls: va pensar que havia arribat el moment, no podia contenir més un secret que desitjava proclamar arreu, i que necessitava sobretot compartir amb ell. No s'imaginava que ningú al món poguera ser tan feliç com ella ho era ara, i així devia ser, malgrat que li quedaven tres minuts de vida.

EL RISC DE VIURE

Els pares de Marta, Esteve i Maria, viuen al Vedat de Torrent, en la part alta, en un xalet de començaments del segle XX que va construir un metge de València atret pel clima moderat de la serra. L'edifici guarda unes proporcions equilibrades, amb dos cossos principals que s'ajunten al peu de l'escalinata d'entrada i del porxo, i tot al voltant, un terreny amb pis de grava de granit clapat d'arbres ací i allà. Res d'aquesta gespa impròpia que tant s'estila ara, només una platabanda de flors i arbustos circumdant la tanca.

Últimament, Esteve i Maria vivien obsedits per la seguretat, i més des que la seua filla compartia pis a València amb dues companyes. Marta feia l'últim curs de Dret i s'havia queixat sovint que els viatges diaris a la capital li feien perdre temps; per això s'havia instal·lat en el pis de Carme i de Júlia, al costat de la Facultat. Els pares no es van veure amb cor de dir-li que no, sobretot ara que havia trencat amb el seu nòvio, a qui no havien tolerat mai. Marcel, estudiant de Belles Arts, era en molts sentits un xicot sensacional, tan àvid d'experiències com ple de dubtes. Feia poc havia dit a Marta que s'ofegava i que se n'anava a Amsterdam a treballar de cambrer. Ella també va sentir que s'ofegava, però va preferir quedar-se a València.

El patiment per Marta havia encomanat una por incerta als seus pares, els quals veien perills a tot arreu. No és que de sobte haguera augmentat l'índex de delictes a la contornada, sinó que ara, amb la filla fora de casa, es van fer més conscients del risc de viure. Feia poc algú havia penjat cartells a la urbanització en què denunciaven la desaparició d'una jove, Isabel Forteza, de l'edat de Marta si fa no fa. Un d'aquests anuncis estava enganxat a la paret de la seua tanca, i Esteve i Maria no podien passar per allí sense que se'ls encongira el cor.

Temps abans s'havien comprat un gos, Kepi, un pastor alemany ensinistrat que campava lliure pel xalet i que havia sembrat el jardí d'excrements, com un camp de mines. Esteve el treia cada vesprada per la pineda i s'ajuntava amb altres passejadors de gossos a l'esplanada de l'antic mercat. La canilla i els amos formaven un bon enrenou. Tot plegat semblaven una partida de caça, i de fet aquest era l'efecte que produïa en els vianants, els quals evitaven passar per allí a poqueta nit, més per por d'aquests propietaris benestants i honestos que per la possibilitat de trobar-se amb algun delinqüent.

No obstant això, amb l'adquisició de Kepi, Esteve i Maria es van sentir més segurs, i es van fer la il·lusió que en certa manera també protegien la filla, com si la presència del gos conjurara un risc pressentit, però ni Kepi ni un tanc haurien pogut salvar Marta dels perills que l'assetjaven.

Carme, una de les companyes de Marta, la més amiga, la confident, tarda una mitjana de dues hores a mudar-se i fer-se la toaleta. El dijous 21 d'octubre, per exemple, es va banyar amb sals aromatitzades; es va depilar les aixelles, l'entrecella i tots els pelets que va trobar sobrers en els llocs més recòndits de la seua anatomia; va pentinar-se, planxar-se més ben dit, els seus cabells arrissats; en acabat va posar-se uns pantalons negres ajustats i una camisa florejada i va eixir al saló.

–Què us sembla? Massa hippie potser? –va preguntar a les companyes de pis.

–Oh, estàs preciosa –la va admirar Marta.

Però ella va arrufar el nas.

–Horrible, veritat?, vols dir això.

I es va tancar de nou a l'habitació sense fer cas dels compliments que ella suposava pietosos; s'ho va traure tot amb ràbia i ho va llançar a la cistella de la roba bruta; va despenjar un munt de faldilles, camises, jerseis i pantalons i ho va disposar tot arrenglerat damunt del llit; després, mentre s'ho anava mirant, es va maquillar la cara, es perfilà el contorn dels ulls i s'aplicà rímmel a les pestanyes; llavors es va notar tota suada i se'n va anar a dutxar-se; va passar pel saló mig nua i amb una tovalla al muscle, i Júlia i Marta, que ja estaven a punt de feia temps, se la van mirar bocabadades.

–No em digueu res, d'acord?, faig pudor de vaca –va proferir–. Acabe de seguida.

Quan pocs minuts després va eixir de la dutxa, molt més relaxada, Carme es va emprovar un vestit roig de faldilles curtes, però també se'l va traure, i en acabat també es va posar i llevar uns vaquers que mirava de combinar amb unes esportives, i un top elàstic, i una falda; finalment va descobrir que se li havia escampat el rímmel i va començar a fer crits i a refregar-se la cara amb les mans. Així, empastifada com un espantall i asseguda al terra, la van trobar Júlia i Marta, que es van arribar a témer qui sap quina desgràcia.

–No hi ha dret, fa tres hores que m'estic empolainant i només he aconseguit assemblar-me a la mona furona.

Júlia i Marta, acostumades als episodis histèrics de Carme, van tractar de reprimir les rialles.

–Què t'ha passat, bonica? –va preguntar Júlia asseguda a l'espona del llit.

–Sóc Bette Davis abans d'anar a la perruqueria, veritat?, Bette Davis en un mal dia, vull dir, amb tres o quatre daykiris al cos.

–Però què dius? –Marta es va asseure al seu costat–, jo que poguera lluir aquests rínxols de bantu –li va dir acaronant-li els cabells–. A mi m'agrades molt.

Carme se'n va separar tot fent comèdia.

–T'estàs tornant rareta, Marta?

–Sóc objectiva.

–Però tu no ets un tio. És un matís emprenyador, no?

–Ells que s'ho perden.

–Tens raó, que se la confiten. Me n'aniré al cinema a veure una pel·lícula francesa. O em faré monja carmelitana, què et sembla? –Carme s'estava posant borda.– Per a tu és molt fàcil dir això, Marta, a tu no et sobra cap plec, tens un cul perfecte. Ni mitja cartutxera, és la xica 10, te n'adones, Júlia?

–No em fixe en això, reina.

–És clar, tu tot el que no siga dret constitucional...

Carme va deixar la frase en l'aire. L'amistat de les tres estava feta d'aquestes complicitats un pèl ingènues. Eren d'una pasta ben diferent. En paraules de Carme, Júlia era seriota; Marta, un poc mística, i ella, frívola i canviant com una banderola, però a pesar d'això havien encaixat bé des del principi, una mica com germanes. El seu espai íntim estava teixit d'una sinceritat franca, on les coses es podien dir sense embuts, sense intencions dobles, i on l'estima tenia l'abrandament i la generositat de la joventut.

A dir veritat, Marta no se sentia cap cigne. Des que Marcel se n'havia anat a Amsterdam no feia sinó torturar-se, pensava que devia haver fet alguna cosa que havia esgarriat la relació, que en tenia la culpa; encara no sabia que hi ha coses que escapen al nostre control, que passen perquè sí, a pesar nostre, com els canvis de l'oratge, alguns de suaus i altres d'inclements. Però a diferència de Carme, que tot ho xarrava, ella no deia res, s'anava tornant més i més taciturna; per això Júlia i Carme se l'havien enduta al seu pis, amb l'excusa aquella de guanyar temps per a estudiar.

Per això també, Carme havia acceptat la invitació de Jofre d'eixir aquella nit, tots plegats en colla, perquè Marta poguera escampar la boira durant unes hores, ni que fóra amb els acudits morbosos d'aquell tòtil. Jofre seria l'última cosa que Carme s'emportaria a una illa deserta, acostumava a dir, després del manual de dret romà, que detestava especialment. S'havien conegut a l'institut de Sagunt i ara s'havien retrobat a les aules de Dret. Això li feia mantenir una solidaritat de conciutadana; li feia pena veure'l sempre tan sol, deia, sense amics, i per aquesta raó compartia taula amb ell, i aquest, algunes vegades, al bar o a la biblioteca, se'ls enganxava a roda. «Semblem la L i la I, ei que sí?», solia ironitzar Carme, de constitució més aviat menuda, cosa que contrastava encara més amb la corpulència de Jofre.

El jove estava sempre amb el somriure a la boca, i tenia tirada als acudits i a les històries lúgubres. Algun dia, mentre esmorzaven, les xiques li'n deixaven contar alguna, sobretot perquè parara de donar la tabarra, i més d'una volta les havia fetes cagar de por. Això el complaïa d'allò més. «És com un xiquet gran», deia Carme, «no ha evolucionat el que esperàvem d'ell, a Sagunt».

L'altra passió de Jofre era llegir el diari mentre eren a classe, les pàgines de successos, i considerava un deure d'amistat posar Carme al corrent de les notícies del dia:

–Mira, una *güela* de noranta-tres anys ha caigut d'un sisè pis i s'ha obert el cap.

–Vols callar?

–Què t'hi jugues que l'ha tirada el fill per cobrar l'herència? Una *güela* no cau perquè sí.

–Jofre, per favor, que em fas perdre el fil.

De sobte se sorprenia i enarcava les celles:

–Ah, no, que era soltera, tu, la mare que... T'imagines que se l'han carregada els de la Seguretat Social per tal de no pagar la pensió?

Aquell dia, 21 d'octubre, les xiques van arribar al bar tardíssim, pels volts de les dotze. En una tauleta, Jofre les esperava des de feia més d'una hora, en companyia d'aquell amic desconegut que els havia de presentar: Hèctor, de complexió mitjana, esprimatxat, cara rodona i uns ulls d'un blau cel que contrastava amb els seus cabells castanys, llisos i pentinats amb clenxa.

Els xicots els van oferir cadira, i Carme, com sempre, es va encarregar de trencar el gel:

–Jofre, fill, tens l'agilitat d'un hipopòtam, m'has xafat l'ull de poll.

Van riure i Hèctor es va presentar com un amic de Jofre, el qual, sense prestar-hi atenció, lluitava per encabir les seues llarguíssimes extremitats a sota de la tauleta.

–Aquesta és Júlia, vés amb compte, Hèctor, els homes no volen eixir amb ella perquè és una feminista radical i cinturó negre de tai-shujiro-kano no sé què.

–Mira que arribes a ser imbècil, Carme –va protestar l'al·ludida.

–No sé si donar-te la mà –va somriure Hèctor mentre encaixaven.

–I aquesta és Marta..., guapa però com un tros de glaç, no paga la pena d'acostar-s'hi, creu-me –va bromejar encara Carme–, la típica estudiosa; rica, famosa, inaccessible... En canvi jo...

–Estic impressionat –la va tallar Hèctor agafant la mà de Marta.

–Molt de gust –va fer aquesta concentrant la mirada en el seu iris blau.

–En canvi jo... –va repetir Carme.

–Ja ens coneixíem d'abans, em sembla, veritat? –va insistir Hèctor ignorant el comentari fatu de Carme i sense deixar escapar Marta, que va sentir com li suava la mà i es va trobar incòmoda.

–No me'n recorde.

–Ets de Torrent, no?

Marta, ruboritzada, confusa, va enretirar la mà i es va esforçar a recordar.

–Sí..., bé, del Vedat... però no sé on...

–Al trenet, i al Club de Santa Apolònia. Ton pare té una fàbrica de mobles als afores, no? Jo també visc per allà. O vivia més ben dit. M'havia fixat moltes vegades en tu.

–Perdona, però no...

–Açò sí que és arribar i carregar –va ironitzar Carme–. En canvi, ningú ha descobert encara el que s'amaga darrere d'aquesta presència meua tan suggeridora. Sóc com un diamant en brut –es va abalançar sobre Jofre–. Oh, com si ho vera: m'hauré d'ajuntar amb tu. M'imagineu d'ací a deu anys, grassa com una morsa i amb dos o tres Jofrets al braç? –Carme va fer una ganyota, com si s'haguera empassat un xarop especialment agre.– M'hauré de posar a règim de seguida.

Com en totes les primeres reunions, van dir moltes banalitats encara mentre els servien les begudes. En aquestes circumstàncies, la xerrameca de Carme i els acudits de Jofre van ser molt profitosos, si més no perquè per un instant Marta s'oblidara de Marcel. Hèctor no li treia l'ull de sobre, i ella que, sense saber massa bé perquè, s'havia sentit culpable dels ofecs existencials del seu exnòvio, es va sentir de sobte afalagada.

A poc a poc, com era normal sent tots estudiants de Dret d'últim any, la conversa va derivar cap als estudis; van parlar dels professors, de les assignatures i de les expectatives escasses que se'ls oferirien quan acabaren la carrera.

–I tu, Hèctor –es va interessar Júlia–, què fas?

Abans de contestar, el jove va escurar d'un glop el que li quedava de gintònic, mig got, i en va demanar un altre.

–Prepare el doctorat. Sobre dret internacional.

–Amb Grenya boja? –va preguntar Jofre.

–Qui és Grenya boja?

–Com? No coneixes el Meléndez? –Carme es va posar la mà darrere del clatell i va mostrar els dits bellugadissos, tot imitant la cresta d'un pollastre.

–Ah, Meléndez –Hèctor va riure per sota el nas–. Ho sap ell, que li dieu així?

Tothom sap a la facultat que Eustaqui Meléndez Hurtado es pentina els pocs cabells que té mirant de tapar la seua calvície consumada. A tal efecte s'ha deixat créixer l'únic floc que es resisteix tenaçment a la caiguda, i el recargola amb fixador sobre la testa amb un optimisme pertinaç. En dies ventosos, si et situes darrere seu, pots observar la cueta voleiant cap al cel com un catxerulo, per això l'apel·latiu de Grenya boja.

–No, me la dirigeix un professor de la Complutense de Madrid amic de mon pare –va aclarir Hèctor, i es va embarbussar, com si li costara parlar d'ell–. Eh... Mon pare és executiu de la FORD..., ara és a Veracruz. Per això, des que va morir la mare, ja no visc al Vedat –va somriure a Marta, tot buscant-ne la complicitat–, ell sempre està voltant pel món; em felicita per Nadal i tot això, i jo m'estic en una residència d'estudiants.

Es va fer un silenci.

–Bé, però no és cap drama de Dickens, no patiu, a mi ja m'està bé. Faig el que em dóna la gana.

–Executiu? –Carme va fer la paròdia d'un desmai i va fer l'ullet a Marta.

Van dur més beguda i, una vegada esgotats els temes banals, van fer rogles. En un apart, Hèctor va proposar a Marta d'eixir a fora. Al començament ella s'hi va negar, va argüir que tenia fred (l'alcavoteria de Carme l'atabalava), però ell va insistir i, sense saber com, es va trobar a l'eixida, agafats del bracet.

Van caminar per l'esplanada del passeig marítim, i en arribar al final es van asseure al muret d'obra. Se sentia la mar invisible en trencar les ones, compassadament, com una banda sonora que algú haguera posat allí a propòsit per invitar a la confidència. Marta va pensar en Marcel, en com li agradaria estar amb ell, i, d'una manera inconscient, se li va escapar un sospir.

–En què penses? –va preguntar Hèctor.

Marta, que no volia ser descortesa, que no sabia ser descortesa, va comentar:

–Oh, en la mar, en no res en concret, pensava que és bonic estar ací.

–Ja.

La jove es va sorprendre del to susceptible d'Hèctor, un poc acre, incrèdul: inoportú; li va semblar com si estiguera decebut d'alguna cosa.

–I tu, enyores la família? –va preguntar; se sentia culpable de no estar per ell amb tots els sentits i va tractar de posar en la frase el màxim interès.

–No especialment.

–No t'agrada el dret?

Tot d'una, Hèctor es va alçar i va botar del costat de l'arena.

–Tant se'm nota?

Marta va captar el ressentiment en la seua actitud (era com si li diguera: «vols que tornem, no?»), i el va mirar de fit a fit, en silenci, animant-lo, donant a entendre que es podia confiar en ella. A poc a poc el xicot es va anar tranquil·litzant.

–És una quimera del pare, vol que faça oposicions al cos diplomàtic en acabar la carrera... Té molts amics influents..., però jo tinc altres plans.

Hèctor va fer una altra pausa abans de prosseguir, havia dit «altres plans» en un to sec, i tot d'una es va expressar amb una alegria tan sobtada que semblava absurda.

–Amb la mare tot era diferent; ella aconseguia que fórem una família, no t'ho pots ni imaginar..., però després tot se'n va anar en orris. Quan vivíem a Londres...

–Has viscut a Londres? –va preguntar Marta.

Els ulls d'ell van espurnejar:

–Fins als nou anys. El pare hi va treballar a l'oficina central –Hèctor es va embalar–. La mare i jo fèiem una vida paral·lela, mig en secret. Ens perdíem al British, al Royal Albert Hall, al Covent Garden, al zoo de Regent's Park, cada dia era com una festa. Un dia em va dur al Museu de cera de Madame Tussaud... El coneixes? –no va esperar la resposta de Marta.– Em vaig cagar de por.

–Degueres ser molt feliç –va intervenir ella.

La veu de Marta va sonar franca, i ell la va trobar radiant, amb els flocs de cabells llisos que li tapaven mitja cara.

–Algun dia caminarem junts pel cementiri de Highgate. Els dos sols.

–Un cementeri, dius?

–Sí, és com una mena de parc –li va dir, en un to abrandat que bé podia ser pres com mig de broma o també com mig seriós. A Marta li va estranyar el comentari, però va somriure, un somrís amable, ple de bones intencions, que algú podia malinterpretar com el d'una jove que estima.

De tornada, ell es va posar a fer equilibris sobre el muret i ella el va seguir; anaven un pèl entonats, eren com dues criatures jugant a perseguir el rei. Quan van arribar al bar, Júlia, Jofre i Carme els esperaven de feia una estona per anar-se'n a casa.

Mentre buscaven un taxi per a les xiques, Jofre va contar encara uns acudits de ministres japonesos i russos que es deien no sé com, dolentíssims tots ells, però la desinhibició de l'alcohol els va fer riure a cor què vols. Van quedar de veure's un altre dia, i es van acomiadar a la porta del bar, al vidre de la qual hi havia enganxat un cartell on es denunciava la desaparició d'una jove: Isabel Forteza, de vint-i-dos anys.

SERÉ COM L'ANEMONE PER TU

Júlia i Carme volien saber-ho tot, però sobretot Carme volia saber-ho fil per randa, que no estalviara detalls, que els diguera on li havia posat la mà, i que si l'havia besada, i en el cas que ho haguera fet, quant havia durat el contacte, i si hi havia hagut llengua o no, si tenia halitosi o càries, qualsevol cosa que recordara, per nímia que li semblara.

–Jo què sé! –Marta no sabia si riure o emprenyar-se–. No sóc la seua dentista, saps?

–És a dir, que sí que us vau morrejar.

–Bé, només un poc.

Júlia i Carme es van mirar còmplices i van riure per sota el nas. Les tres anaven en pijama, i estaven assegudes al llit, el llit de Marta, menjant pipes.

–Explica'm això, bonica, com es pot morrejar a algú només un poc? –va preguntar Júlia.

–Un pot fins i tot patir un petit infart de miocardi –va xisclar Carme–, però morrejar només un poc...! És la primera vegada que ho sent, paraula! Anem a veure, Marta, tu estaves allí, corpòriament, vull dir?

Marta es va emprenyar, finalment, i les va engegar a pastar fang. En realitat no sabia massa bé què havia passat. Va ser quan ell li havia dit allò del cementeri de Highgate, Hèctor li havia acaronat els cabells, i ella s'havia deixat fer, i havien ajuntat els llavis, sí, però a penes un segon, tot just un frec imperceptible. Per a ella no havia significat res, no tenia ganes que significara res, i tanmateix no s'ho podia traure del cap; havia sigut tan imprevist, tan diferent i tan semblant alhora de Marcel!

Aquell cap de setmana, Marta el va passar amb els pares; eren al començament de curs i el ritme de l'estudi encara no demanava la fase d'enclaustrament; estava un poc farta també de les al·lusions de Carme, i que li presentara xicots a tort i dret perquè s'hi embolicara; de més a més, tot i que tan sols feia quatre setmanes que estava lluny de sa casa i que el contacte telefònic amb els pares era diari, sentia nostàlgia de ser al Vedat, al seu jardí, estar envoltada de les persones on s'havia sentit ferma i dels racons que li recordaven qui era.

Però tot això havia passat, era un temps definitivament perdut. Es va adonar en aquesta visita que alguna cosa havia canviat durant el mes que havia estat fora; va constatar amb malenconia que, per més que volguera, no tornaria a ser una criatura, que no podia comptar sempre amb els braços segurs del pare per resoldre-li els problemes, i que d'ara endavant estaria sola i s'hauria d'apanyar tota sola; en certa manera ho desitjava, i en certa manera tenia por.

El fet de ser filla única té els seus avantatges però també els seus inconvenients. Per bé o per mal Marta era la reina de la casa, i Maria i Esteve a penes li van donar un moment de respir. Amb la seua actitud tan sol·lícita, més que ajudar-la a oblidar, li recordaven en tot moment que era una malalta, una convalescent d'amor. S'hauria estimat més parlar amb ells obertament dels seus sentiments, com quan de menuda renyia amb alguna amiga i els pares s'encarregaven d'aclarir-ho tot, però el pudor teixia ara entre ells una barrera infranquejable. O almenys hauria preferit que la deixaren estar, que li permeteren viure el dolor de la seua pèrdua com una adulta.

La mare sobretot, per donar a la seua teràpia un motiu concret al qual enfrontar-se, es va entestar a dir que semblava un sac d'ossos, sense voler adonar-se que la seua filla havia estat sempre de complexió més aviat prima. En un apart, mentre ella es dutxava, li va preguntar fins i tot si havia perdut la menstruació, perquè no duia compreses a la bossa de viatge.

–És un dels primers símptomes de l'anorèxia –li va confessar esbalaïda –ho he llegit en una revista.

–No, no estic anorèctica, em trobe perfectament.

La mare va abaixar la veu i es va prestar a la confidència.

–No deus estar embarassada?

Marta, amb una paciència que tenia molt d'ironia, li vá explicar que havia tingut la regla la setmana anterior, que la dallonses aquesta només es té una vegada al mes, però va voler passar per alt el fet que li havia regirat la bossa; no es volia enfadar amb ella, no hi havia temps per a reconciliacions; en certa manera li va fer l'efecte que s'estava fent gran.

Marta va evitar quedar-se sola amb la mare, perquè no li recordara de continu que prima que estava, i va eixir al jardí, on el pare podava un roser emparrat a la paret del porxo. Cada vegada més li agradava treballar al jardí, la fàbrica funcionava perfectament sola a les mans del gerent, i tard o d'hora l'hauria de vendre si la filla es feia advocada; de manera que no tenia sentit depositar-hi més il·lusions; n'estava cansat. O volia canviar de vida, ni ell ho sabia encara.

Fosquejava, a fora feia una temperatura tan agradable que Marta s'havia deixat els cabells xops. Es va asseure a l'escalinata i va observar en silenci el pare mentre aquest treballava amb les tisores, les seues mans encara fortes, amb els dits allargassats i fins.

Tot d'una, Marta es va sorprendre d'escoltar la seua pròpia veu; no havia planificat de preguntar res:

–Tu recordes on estava el xalet de l'executiu de FORD?

Esteve va interrompre la seua tasca i la va mirar sorprès.

–Vivien ací fa anys –va continuar Marta–, no en sé el cognom; un capitost o una cosa així... tenia un fill: Hèctor, l'he conegut fa poc.

Esteve va deixar la ferramenta; tenia l'aire incert:

–Executiu? Crec que viuen molts treballadors de FORD, ací. No sé de què fan... No em ve a la memòria cap executiu.

–Anaven per Santa Apolònia.

–És possible –va dubtar Esteve, que fins ara no havia sovintejat massa el club– Per què ho dius? Ens has de contar alguna cosa?

A Marta li va xocar el to maliciós de son pare; va recordar amb pesar que feia poc es pujava per les parets si sentia la veu de Marcel al telèfon.

–És només un company de carrera –va tallar seca.

Dissabte, Marta es va dedicar molt de temps a passejar amb Kepi, necessitava sentir el cos fatigat, oblidar-se de tot, i sobretot no volia escoltar sermons de ningú.

El gos, que havia conegut quan era un cadell, es va fer de seguida amb ella; s'alegrava que algú el portara més enllà de l'esplanada de l'antic mercat, i van recórrer junts l'espai de la seua infantesa, els xalets dels amics, on havia entrat i d'on havia eixit lliurement tantes vegades. Però Marta va percebre que sense canviar res, tot havia canviat; les selves d'abans es veien tal com eren en realitat, petites clapes de jardins domesticats, i els vells amics i amigues vivien fora com ella, o bé ja no tenien res en comú i tan sols intercanviaven salutacions cordials o converses intranscendents sobre l'oratge.

En la seua expedició, Marta fins i tot va travessar alguns camps de secà i alguns pocs ermots que quedaven a la serra i es va aplegar a la seua antiga escola, que s'havia convertit feia pocs anys en un convent de frares i en un asil d'ancians. Fins ara això no l'havia amoinada, però ara, de sobte, es va sentir malament; era com si algú conspirara per arrabassar-li la infantesa a dentades, això devia voler dir créixer, va pensar: morir cada dia un poc.

Sense aquests referents, sense Marcel (que se n'havia anat perquè s'ofegava... Aquesta idea no l'abandonava, l'obsedia), Marta se sentia com caminant per damunt de brasses, i en va tenir prou. Diumenge, tot just dinar (s'havia preocupat de repetir d'arròs i que sa mare se n'adonara), se'n va tornar al pis de València, amb el pretext que encara havia de preparar les classes.

L'endemà, algú va fer sonar el timbre. Però qui fora, havia tocat el dos en obrir. Hi havia un paquet de flors al replà, roses blanques, i un sobre dirigit a Marta. En l'interior, un poema sense firma: «Oblidaré la tomba, per florir,/ i escamparé les meues flors lleugeres./ Seré com l'anemone per tu, si em vols collir:/ la teua flor per sempre.»

Mentre es desdejunaven, tot fent broma, les xiques van especular qui en seria l'autor. Al cap de poc va sonar el telèfon i el va agafar Carme; uns segons després va somriure i va tapar l'auricular.

–És l'anemone, Marta, pregunta per tu, què li dic, vols collir-lo o no?

Marta, entre les rialles de les amigues, es va abalançar sobre l'aparell; era Hèctor, volia saber si havia rebut les flors.

–Per què les has enviades?

Es va estranyar del to de la seua veu, que havia sonat massa aspre, inoportú, com una resposta a l'alcavoteria de Carme.

–No t'agraden?

Va voler rectificar:

–No és això, és que...

–Has llegit el poema?

Marta es va adonar que les companyes estaven pendents de la conversa, que no paraven de fer ganyotes de comares, i es va refugiar en un racó del sofà.

–Sí, l'he llegit.

–No he deixat de pensar en tu. Estic ací al costat, vols que puge ara?

Tot d'una, Marta es va sentir atabalada, la veu d'ell havia sonat peremptòria.

–Mira, Hèctor, sobre això de l'altra nit... no estic travessant una bona època, saps?, no sóc una bona companyia, crec que no tinc ganes d'eixir de moment.

Carme, sorneguera, va posar els ulls en blanc, com volent dir «mira quins aires de Margarida Gautier gasta aquesta».

–Tan poc he significat en la teua vida? –el to d'Hèctor era ambigu, tant podia ser seriós com de broma.

–Què? Oh, no, no té res a veure amb tu –Marta no volia ser descortesa, no sabia ser descortesa– Sóc jo, que estic un poc descentrada, fa poc he tallat amb el meu nòvio i... supose que estava...

No sabia què dir. En realitat no sabia per què havia de donar tantes explicacions. Però així era ella.

–Saps de qui és el poema? –la va interrompre Hèctor–. No t'ha agradat, veritat?

–No, i ara! És molt bonic. De qui és? –va preguntar per fer una concessió.

–Emily Dickinson.

–Ah.

Es va esdevenir un silenci incòmode que Marta no sabia com omplir; Júlia i Carme es rebentaven de riure al seu costat. Quasi es va alegrar quan ell va parlar finalment.

–M'agradaria quedar un altre dia.

–De veres, Hèctor..., no voldria que em malinterpretares, això de l'altra nit, vull dir, no va significar... –es va mossegar els llavis, no volia dir això, tampoc no sabia què havia significat realment per a ella. Potser tot havia anat massa ràpid per significar res, això era tot.

Hèctor va interrompre els seus pensaments:

–Amb Jofre i les teues amigues, és clar, anar al cine i tot això. Res de parella, a mi no m'agraden tampoc aquests rotllos. De fet jo també estic intentant oblidar una mala història, t'entenc molt bé, pense com tu sobre això. És només que..., només faig que pegar-li voltes..., ens ho vam passar tan bé..., m'agradaria que fórem amics, només amics.

Abans de respondre, Marta va deixar escolar una pausa:

–Sí, és clar, només amics.

Aquell mateix divendres, uns dies més tard, van anar tots cinc al cine. Jofre n'havia escollit una de por, *Scream,* una història de psicòpates adolescents, plena de trucs del gènere, d'escàs valor dramàtic però ideal per a segregar adrenalina i per a riure una estona. Aquestes eren les pel·lícules que agradaven a Jofre, amb sobresalts continus. No s'estava de pegar crits i de botar dalt de la cadira, i això que n'havia vistes tantes, d'aquest mateix color, que podia preveure darrere de quina porta apareixeria l'assassí. Però no per això deixava de patir, i aquesta excitació li resultava plaent, com a un xiquet de tres anys el tren de la bruixa. A vegades era un espectacle millor observar-lo a ell, tan gran com era, veient les escenes entre els dits, recargolant-se en la butaca i parlant a la víctima amb veu tremolosa, la seua veu de baix: «no òbrigues, idiota, és una trampa, una trampa»; i de sobte la veu se li trencava en un gall i tot el cine rebentava de riure, fins i tot Carme, que estava fregida que li clavara contínuament les ungles.

En acabar la sessió van anar a sopar, uns entrepans en una cadena de menjars ràpids. Marta es va asseure entre Júlia i Carme; tenia l'aire circumspecte, i a penes va mirar directament Hèctor, de la mateixa manera que en el cine s'havia assegut lluny d'ell, com si volguera subratllar els límits del seu acord («només com amics», havia dit ell), i a pesar d'això era conscient tothora de la seua presència, perquè no podia deixar de pensar que el motiu d'haver-se aplegat allí era la seua conversa de l'altra nit, i quan coincidia amb la seua mirada, la sang li pujava a les galtes i li feia abaixar la cara.

Els altres, aliens a les seues cabòries, van estar comentant la pel·lícula, i Júlia va ser rotunda sobre això:

–Però quina merda ens has portat a veure, Jofre! Era per a babaus. No et podies creure res, era tot fals.

–Jo no en faria broma, el món és ple de psicòpates –la va advertir l'al·ludit amb sorna.

–No he dit que no n'hi haja –en aquell moment, a Júlia se li va acudir que les manies d'ell eren especialment dubtoses–, només que no m'he cregut res. L'assassí...

–Els assassins –la va corregir Jofre.

–*Els assassins* –va concedir ella– cauen contínuament. Sembla una pel·lícula dels germans Marx.

–I no es tractava d'això? A mi m'ha semblat una paròdia –va intervenir Carme–, m'ha fet riure.

Júlia va fer una ganyota de desaprovació, com si estiguera per vomitar.

–Per favor, no em digues que t'ha agradat?

–Per l'amor de Déu, és una pel·lícula, una pel·lícula absurda, si ho prefereixes. No creus que en fas un gra massa?

–Justament és això el que em revolta, no reflecteix res, és només una broma, una americanada de les grosses. Et sembla un gra massa que un dia sí i l'altre també muira una dona a les mans del seu home, per exemple? D'això no en parla ningú.

–Què té a veure una cosa amb l'altra? –va protestar Carme susceptible.

–Ara vindrà el rotllo de la violència de gènere i tot això, ja veuràs –va advertir Jofre.

–Tot això, sí. Et molesta, estúpid. La majoria de psicòpates no són tan espectaculars, però poden arribar a fer molta més por. Només cal llegir els diaris.

–Per cert –Jofre va traure un tros de diari de la cartera i el va desplegar curosament damunt la taula, com si fóra el plànol d'un tresor–, sabeu que han trobat a la tia dels cartells? Se l'han carregada.

El retall de premsa, bastant rebregat i descolorit en els plecs, incloïa una fotografia de l'escena del crim. Al centre, s'hi endevinava el cos mig nu d'una dona, damunt del terra, al peu d'un arbre. Un policia s'ho mirava a pocs metres, amb la mirada fita en el cadàver, els llavis arrufats, com si no poguera deixar de mirar, o com si no donara crèdit al que estava veient. En la mà duia una bossa de plàstic opac.

–Ets repugnant, Jofre, com pots guardar això?

Jofre va ignorar el comentari de Marta i va llegir la notícia per damunt damunt:

–La van trobar despús-ahir al Saler..., Isabel Forteza, de vint-i-dos anys..., els pares no sabien d'ella des de feia un mes..., treballava en un bar i vivia sola a València... Brutalment apallissada, diu, amb deu ganivetades al cos.

–Mira que arribes a ser morbós –el va increpar Carme.

–M'ho deixes veure? –va demanar Hèctor, el qual s'havia mantingut plàcidament al marge durant la discussió.

Va agafar el retall i el va estar examinant atentament, parsimoniosament, mentre feia un glop de la seua cervesa, recolzat sobre la butaca. Durant el temps que va durar aquesta inspecció va sospirar tres vegades, i en cadascuna d'elles, cada volta un poc més, va fer l'efecte que li semblava un crim atroç, que allò que veia li semblava horripilant. En l'interior del cap, però, li ballava un dubte que, com al policia, li feia arrufar els llavis: exactament estava preguntant-se què diantres podia contenir la bossa.

–Qui pot ser capaç de fer una cosa així? –va dir a tall de conclusió i deixant anar el retall damunt la taula–. Em regira les entranyes.

–S'ha d'estar com una cabra –va argumentar Carme acostant-se i repenjant-se sobre la taula.

El fet de pensar en un acte boig li donava tranquil·litat, aclaria una acció despietada que, altrament, no tindria cap explicació i seria massa inquietant.

–El pitjor de tot és que qui ha sigut capaç de fer això no ho deu dur escrit a la cara –va elucubrar Hèctor–. Podria ser qualsevol, no?

La pregunta va ser dirigida directament a Marta, la qual va obrir la boca però no va encertar a contestar, sinó que se'l va quedar mirant presa d'una gran excitació, tenia els cinc sentits posats en la mà que sentia bellugar-se sobre la seua esquena i que Hèctor havia depositat allí aprofitant el moviment cap endavant de Carme.

–Fins i tot podria ser aquell –tots van mirar en la direcció que assenyalava Jofre, on un cambrer d'una cinquantena d'anys atenia el taulell–. Sembla un paio simpàtic, veritat?, us heu fixat amb quin servilisme tracta la clientela...? No us deixeu enganyar, en el fons s'amaga un ésser insegur, mesquí, frustrat, que recela de tothom, que viu fotut perquè el fill de l'amo l'humilia.

Allò que descrivia Jofre semblava plausible; en aquell moment, un xavalet d'uns vint anys estava pegant un esbronc colossal al pobre home, el qual no s'atrevia a retornar-li la mirada i eixugava plats amb els ulls fits en el buit, com si alguna cosa el rosegara per dins; diríeu que estava a punt de plorar.

–Què t'hi jugues que, en arribar a casa, nuga la dona a la pota del llit i li clava una pallissa –va reblar Jofre–. Té el perfil de maltractador.

–No vulgues saber d'on m'agradaria nugar-te a tu, Jofre –va ironitzar Carme– tens el perfil d'una au de carronya.

Tothom va celebrar la gràcia, fins i tot el mateix al·ludit, el nas del qual tenia efectivament el perfil d'un bec de voltor.

Es van veure alguna altra vegada tots plegats, però més sovint tots dos sols. De fet Hèctor es va convertir des d'aquell dia en l'ombra de Marta; l'esperava sol·lícit a l'eixida de les classes o bé se la trobava casualment i l'acompanyava a casa. La jove, quasi sense adonar-se, va començar a deixar de pensar en Marcel, tot i que aquest era un dels temes recurrents de les seues converses, però havia deixat de fer-li mal; es van convertir en confidents de les seues respectives males històries, quasi en van fer un costum; els agradava asseure's a una taula i abocar la seua tristesa, complaure-s'hi, amb una malenconia que, paradoxalment, els feia sentir bé.

–No sap el que s'ha perdut, aquest imbècil, ets una tia fantàstica –va cridar un dia Hèctor, i li va agafar la mà amb tant de vigor que Marta va notar que li clavava el seu anell, un segell de plata que Hèctor duia en el dit menut –jo no et deixaré mai.

Eren en una cafeteria, i ell havia pres algunes cerveses. Una altra parella que hi havia al costat es va girar. Marta va sentir com si un ressort li activara el cervell. La situació li semblava un pèl ridícula; va sentir palpitacions i la sang que li pujava instantàniament a la cara.

–Ets molt bo –va contestar en veu baixa, afalagada i inquieta alhora.

–No, no sóc bo, me n'hauria d'anar ara mateix i no tornar més. Ningú és prou bo per a tu. M'entens? –hi havia un punt de ràbia en aquella pregunta que no buscava la resposta de la interlocutora.

Hèctor es va alçar i va fer esment d'anar-se'n, però va trontollar i un got buit va caure damunt la taula i va rodar sobre si mateix amb una lentitud quasi irreal. A Marta li va semblar que el món es detenia quan ell la va rodejar amb els braços i la va besar; va ser un bes estrany, tots dos amb els ulls oberts, mirant-se de fit a fit. Marta no podia apartar la vista d'aquells ulls blaus que semblaven hipnotitzar-la; de sobte va sentir una esgarrifança: hi havia apatia, en aquella mirada, una fredor que contrastava amb la vehemència de les seues paraules, i es va pensar que això era la passió, una mena de frenesí irracional; no havia sentit mai això, de fet ningú l'havia estimada mai d'aquesta manera.

Marta creia que tenia un deute amb Hèctor i es pensava que podia ajudar-lo. Tenia la teoria que la relació amb el seu pare, o la manca de relació més ben dit, l'havien desesperat. Hèctor no solia parlar-ne, es referia a ell com «l'execupetit» o «l'execumerdós», irònicament, amb menyspreu, però intuïa que la mort de Sofia, sa mare, els devia haver trasbalsats. En una ocasió Hèctor li havia dit que el pare no el podia suportar davant seu, que li recordava massa l'absència de la dona, i ell havia hagut de créixer sol, amb l'enyorança d'un paradís perdut. En certa manera era el mateix que li havia passat a ella, pensava Marta, amb la diferència que ell havia estat arrancat de la infantesa de soca-rel. Al seu parer, això justificava els seus rampells de geni i les seues eixides de to, que l'esguitaven fins i tot a ella; internament, Marta somiava que un dia podria reconciliar pare i fill.

–M'agradaria conèixer la teua família –li va dir una vegada.

–Tu ets la meua única família –havia contestat ell.

Hèctor vivia terroritzat de no sentir-se estimat, per això a vegades s'enfadava sense un motiu aparent o per un no-res. El pare a penes li enviava diners, ni ell li'n volia demanar, tenia massa orgull, deia, però patia per això, prou que se n'adonava, Marta. Havia observat que el molestava d'una manera especial l'actitud dels cambrers, sempre pensava que es rifaven d'ell perquè era ella qui pagava les consumicions, i havien de canviar sovint de bars; no suportava com el miraven i a la mínima s'embroncava. Però tampoc no li agradava que ella li donara diners abans d'entrar, deia que el feia sentir-se com un neci, que volia humiliar-lo. Poc després, en canvi, es veia com l'ésser més indigne de la creació i ploriquejava als seus braços com una criatura. Marta copsava la seua necessitat d'afecte quasi salvatge, i el conhortava amb l'orgull de saber-se el seu agafall segur.

–No m'hauries d'estimar, tinc el cor ple d'odi –li va dir ell un dia.

Marta va protestar ufanosa i Hèctor va insistir:

–Em recordes molt ma mare, sempre es posava del meu costat, encara que no tinguera raó.

I ella s'ho va agafar com un privilegi que la situava a l'alçada d'un amor mític, una ofrena inusitada.

Un dia, el divendres 19 de novembre, van quedar amb Jofre, Júlia i Carme per anar a la discoteca; feia quasi un mes que eixien junts, si es pot dir així, i Marta enyorava les seues amigues. Ara a penes es veien, tan sols al pis, i sempre d'esquitllentes; Hèctor la tenia «com mig segrestada», havia protestat Carme.

Van sopar en una cafeteria del Perelló. Jofre estava especialment poc inspirat i van passar tot el sopar rient, com en els vells temps, per no plorar.

–Sabeu en què es pareixen un taüt i el cul del meu cosí Rafael?

Negació general.

–Que els dos són plens de cucs.

I més d'una hora d'aquest color infame.

En acabat de sopar van agafar tots cinc el Clio de Jofre i es van acostar a Puzzle. A la discoteca, les xiques van jugar a desaparèixer; anaven al lavabo les tres juntes, i no paraven de riure, però només elles sabien de què; des de fora feia l'efecte com si tramaren alguna cosa, però era més aviat el simple fet d'estar juntes una altra vegada que les feia anar eufòriques.

–Es pot saber què us passa? –les va sermonejar Hèctor en una ocasió–. Em pensava que havíem vingut junts.

–Necessitem sensacions fortes –va dir Júlia fent la fatxenda.

–Busquem homes de veritat –va xiuxiuejar Carme amb l'aire libidinós.

I es van endur Marta cap a la pista entre xiscles i rialles d'ella, unes rialles que volien dir: «no patesques, estimat, dóna'm dos segons i em desfaig d'aquesta parella de frívoles».

Mentrestant, els xics, amb un pam de nas, feren cap al taulell i van demanar una copa. El cambrer va servir les begudes, un gintònic i un mig de whisky, i va cantar el preu amb desgana. Llavors, Hèctor es va dur el got a la boca i, quasi sense tastar-lo, va escopir el líquid. Tot un gegant com Jofre, que no s'esperava la reacció del seu company, es va quedar estupefacte, blanc com la calç, i ni tan sols va parpellejar quan el líquid marronós es va vessar sobre els seus pantalons. Segons com tot havia passat molt ràpid, però segons com no acabava de passar mai. Hèctor encara tenia l'actitud de prémer el got amb la mà, però aquest ja no hi era, s'havia fet miquetes sobre el taulell com a conseqüència del colp; el xicot tenia els músculs de la cara tensos i en el seu palmell hi havia un rajolinet de sang. No obstant això, la seua veu va sonar tranquil·la.

–Escolta, mitja merda –l'apatia del cambrer es va transformar de sobte en una angoixa ridícula, els ulls se li eixien de les òrbites–. Si volguera pixum em beuria el meu –el va amenaçar–. T'he pagat un whisky, guarda el mata-rates per a ta mare, m'entens?

En poc menys de mitja hora Hèctor es va fer tres mitjos whiskys. No assaboria el líquid, bevia a glops, com si tractara d'aplacar una set ancestral, i es va dedicar a passejar per la discoteca sense cap rumb concret, per despistar Jofre, amb el desig íntim d'espiar de lluny Marta; tenia la certesa que tard o d'hora la sorprendria en mans d'un altre.

Odiava les seues amigues, elles s'havien confabulat per apartar-lo d'ella. No li havia dit Júlia, en entrar, que cadascú havia de campar lliure? I ara allò de les... merda, com havien dit! Va pegar un colp de puny a un altaveu. «Sensacions fortes», sí, això havia dit..., i «homes de veritat».

El soroll de la música era desproporcionat, dissonant, i els llums que escombraven la pista l'incomodaven d'allò més, tot eren ombres que dansaven, com en una orgia demoníaca. Sentia el cap a punt de rebentar. Llavors tot començà a pegar voltes; sospitava, n'estava segur, més ben dit, que les xiques s'amagaven en algun reservat, que tenien una cita pactada amb algú. En els seus deliris va arribar a veure Marta deixant-se grapejar els pits, es recreava una vegada i una altra amb aquesta imatge: la cara joiosa, els ulls mig clucs, lleugerament decantada cap a ell, com fent-li burla, i pressentia que Júlia i Carme li feien rogle i que reien també, que es reien d'ell. Oh, com s'alegrava imaginant desgràcies per a elles!

No les va trobar fins ben entrada la nit, les xiques el van trobar, millor dit. Déu sap quant havia begut, però estava prou serè, la ràbia l'aguantava dret encara.

Marta li va posar les mans darrere i després va començar a fer-li moixaines a la cara (recolzada sobre la seua esquena va aspirar l'olor d'ell, que començava a reconèixer, a necessitar), però ell es va regirar d'una revolada, com si li hagueren aplicat brasses a les galtes.

Marta no comprenia per què Hèctor tenia els ulls injectats en sang, per què semblava un boig. Ni per què li havia propinat aquella bufetada que havia sonat a l'interior del seu cervell. Es va quedar palplantada, incapaç de dir ni mitja paraula, com si li hagueren arrancat el cor de soca-rel.

–Però a tu què collons et passa, imbècil? –va sonar al seu costat.

Era Carme, que llançava manotades sense solta ni volta contra el pit d'Hèctor, però ell la va ignorar i va agarrar els cabells de Marta, retorcent-los i recargolant-los amb una volta del seu canell, absolutament desproporcionada, com si pretenguera retenir les regnes d'un cavall encabritat.

–No volies sensacions fortes, puteta? –li va xiuxiuejar a cau d'orella, amb una placidesa que contrastava amb la ira d'abans; era com si l'espant de la cara d'ella apaivagara la seua còlera, però no fins al punt de pertorbar-lo, sinó que això l'excitava molt més–. Riu-te'n, de les muntanyes russes, ara saps el que són els homes de veritat –va dir arrossegant-la d'un costat a l'altre.

MÉS ENLLÀ DE LES PORTES DE L'INFERN

Cap a finals de mes va començar a fer fred, un fred humit que es clavava molt endins. Carme i Júlia a penes eixien de casa, només quan hi havia classe, la resta del temps es tancaven a l'apartament i estudiaven o veien una pel·lícula de vídeo en companyia de Marta. Les dos xiques fingien que no passava res, però la seua alegria benintencionada, artificial, contrastava massa amb el mutisme de l'altra.

El telèfon va arribar a crispar-los els nervis. Havia sonat fins a vint vegades la matinada fatal, quan van tornar de la discoteca, fins que Carme el va desconnectar. Però l'endemà havia tornat a sonar d'una manera insistent. I no havia parat de fer-ho encara una setmana més tard, cada dia, a totes les hores, fins a fer-se insuportable.

Hèctor volia parlar amb Marta, necessitava parlar-li o... Les xiques no el deixaven acabar. Al final feien torns al costat de l'aparell i penjaven a les primeres paraules. Després l'una o l'altra, invariablement, s'alçaven i proposaven alguna ocupació forassenyada: «que us sembla si fem roses?», «mirem fotos?», per tractar d'oblidar-se'n. Però això era grotesc, qualsevol detall, la instantània d'un antic nòvio d'ulls blaus, l'entrada d'una discoteca enganxada en una carta..., els recordava el tema tabú, de la mateixa manera que qualsevol cosa fa pensar a un malalt terminal en la mort. I al remat les xiques van caure en una apatia impotent, i acabaren esperant els trucs del telèfon, com l'anunci d'un mal averany.

Finalment, Marta va voler posar-se al telèfon, a pesar de les protestes de les amigues: necessitava saber. No havia deixat de reviure els successos d'una setmana abans, però no hi trobava cap sentit, i acabà perdent-se en detalls espuris: la intenció d'una frase o un gest repetit en la seua memòria tantes vegades que va arribar a dubtar que s'haguera produït. I al final de tot la bufetada. A hores d'ara encara no sabia què l'havia originada, què havia molestat tant Hèctor. Havia de tenir una raó poderosíssima, altrament no entendria res.

A pesar de les protestes assenyades de Carme i de Júlia, a pesar fins i tot del seu sentit comú, tornà a planar sobre ella el fantasma de Marcel, que se n'havia anat perquè s'ofegava, i en el seu desesper es va arribar a pensar que ella tenia la culpa de no sabia ben bé què.

–Sí? –va contestar a la fi, una afirmació concisa que, no obstant això, revelava un cert recel i un gran desengany, que descobria la seua vulnerabilitat, vet ací.

–Marta? –va preguntar Hèctor.

–Sóc jo.

A l'altra banda de la línia hi hagué un petit silenci, i a Marta li va semblar escoltar un sospir.

–Sé que no vols parlar amb mi...

–No vull parlar amb tu –va contestar impetuosa.

Es va esdevenir un altre silenci, i Marta es va adonar que havia caigut en una paradoxa, que hauria de penjar si volia ser coherent, però no va trobar les forces per a fer-ho, encara necessitava una explicació.

–No t'ho recrimine... Hi tens motius. Podria demanar-te perdó, però això no seria suficient, veritat? –una altra pausa, Marta va reprimir les ganes de dir que no, volia mostrar-se inflexible, esperava una confessió que la tranquil·litzara, però no s'adonava que amb la seua actitud s'estava preparant ja per a perdonar-lo–. Si vols penjaré i desapareixeré de la teua vida, però abans m'agradaria parlar-te d'una dona –li va suplicar Hèctor.

Marta es va adonar que això era un xantatge, que estava obligant-la a dir-li que no penjara.

–Què m'has de dir? –va respondre aspra.

–M'agradaria contar-te la història de Sofia.

Va sentir un calfred a l'espinada, i es va disposar a escoltar un secret íntim. Sofia, aquest era el nom de sa mare. Hèctor li n'havia parlat alguna vegada, com de passada. La idolatrava, i de tant en tant n'evocava una anècdota esparsa que el feia caure en una mena de marasme. Marta li havia preguntat alguna vegada què havia sigut d'ella, però ell havia respost amb evasives, amb indicis tan ambigus que l'havien induïda a compondre'n un retrat evanescent, a imaginar un desenllaç melodramàtic per a la seua vida: que no havia mort, realment, que s'havia fugat amb algun artista estranger o vés a saber quina altra fantasia romàntica.

–Havia sigut cantant de jove –va començar Hèctor, com si li costara un esforç desentranyar l'enigma–, però ho va deixar pel pare. No estava amoïnada per això, tanmateix; cantava sempre que podia, pel simple gust de cantar i prou. Tothom l'adorava, a la fàbrica, fins l'empleat més baix –Hèctor parlava lacònicament– Tothom l'estimava llevat de qui més ho hauria d'haver fet. Ell l'obligava... –la veu del xicot es va trencar– Només pensava en la seua carrera, i l'obligava a coquetejar amb tots els visitants il·lustres, era com una possessió distingida, com una atracció de fira que s'havia d'ensenyar en totes les festes: «Atenció, ara la virtuosa Sofia ens cantara una sonatina». Però en la intimitat la menyspreava, era com si tinguera gelosia del seu èxit amb els altres, i li ho feia pagar car, creu-me, amb vexacions contínues, fins que ella ja no pogué aguantar més i... es va prendre una caixa de somnífers...

Marta hauria volgut dir-li que ho deixara estar, però necessitava saber més.

–No sé què em va agafar l'altra nit... supose que no era jo, havia begut molt, i de sobte vaig tenir por de perdre't. No ho suportaria, Marta, abans...

Un altre silenci. Marta no sabia què dir, buscava alguna paraula de consol, però sobretot es va quedar intrigada amb aquell *abans* que Hèctor havia deixat suspès enlaire com una amenaça; pel seu subconscient van desfilar les rodes d'un tren, un verí, una banyera plena de sang... i es va estremir; va sentir aquesta esgarrifança com un senyal. La paràbola era diàfana, res no li impedia penjar ara, definitivament, però el seu cervell trobava una analogia més embriagadora entre el suïcidi de Sofia i l'amenaça del seu fill que entre la bufetada d'Hèctor i les vexacions que son pare havia infringit a la seua dona.

–Bé, això era tot, necessitava explicar-t'ho, supose. Ja no et molestaré més.

Marta va fer un bot.

–Ho sent –se li va escapar, amb un to que sonava com una súplica; tenia la temença que l'altre haguera penjat definitivament.

–Sóc jo qui ho sent. L'he cagada–va ironitzar Hèctor–. Ben cagada, no?

–Un poc, sí –va somriure Marta.

–Si poguera tornar arrere, tot seria diferent. Jo no et faria mal, creu-me, t'estime massa.

Es va esdevenir un altre silenci, després Marta, amb una expressió mel·líflua, va pronunciar:

–M'agradaria tant..., si això fóra possible...

Al seu costat, Carme i Júlia van intercanviar una mirada d'oix; els va fer l'efecte de trobar-se enmig de la mar, veient com un peix s'empassava l'hamet.

En tot hi ha un abans i un després, i aquesta telefonada va marcar l'abans i després per a Marta i Hèctor: alhora que se separaven de la resta, es van unir més. Les tres amigues van establir un acord tàcit: Carme i Júlia feren entendre que no quedarien amb ell mai més, i Marta evitava parlar-ne per no donar pàbul als retrets. Això va produir un canvi perceptible en la seua relació, ara era més superficial, o més cauta potser, s'expressava amb mitges paraules i amb molts silencis.

No era infreqüent aquest diàleg de bon matí, en desdejunar:

–Tot bé, Marta? –deien Carme o Júlia. I volien dir, en realitat: «t'ha tornat a alçar la mà, vols que en parlem?»

–Perfectament –responia l'altra amb un somriure, tot donant entenent que no calia que es preocuparen dels seus assumptes.

D'ençà d'aquell dia Hèctor i Marta es van convertir en inseparables. Ell ja no la trobava casualment en eixir de classe, sinó que l'esperava a la porta de la facultat i l'acompanyava a tot arreu; sempre estava disponible per a ella, com si no tinguera vida pròpia, i això afalagava la seua companya, que va poder oblidar definitivament els ofecs existencials del seu antic nòvio.

A la biblioteca van estar a punt de fer-los fora un parell de vegades; s'instal·laven en dues tauletes contigües, amb els apunts i una pila de llibres, ell de fet amb un únic llibre, un gros manual de dret internacional que obria de tard en tard; s'estimava més mirar-se-la amb l'aire sorneguer, com un dandi fora d'òrbita, i li gastava bromes quan les mirades dels dos coincidien; era com si no hi haguera ningú més davant seu, fins que algú protestava de tantes rialletes i els feien guardar silenci.

Els seduïen els indrets solitaris. Sovint dinaven al jardí de Vivers, en algun banc apartat dels carrers principals, uns entrepans o qualsevol cosa que ella haguera preparat en una carmanyola; i s'empapussaven l'un a l'altre com dos pardalets. Tot plegat es captenien com una parelleta empalagosa, ben encaramel·lats, i es juraven fidelitat eterna i tot de càndides promeses.

Algun dia es van allargar fins al port, en llargs passejos que s'iniciaven al Passeig Marítim, mig desert ara que s'acostava l'hivern. Els abellia voltar entre els molls i observar com carregaven i descarregaven els vaixells de mercaderies o els viatgers que agafaven la línia cap a Mallorca. Els agradava sobretot posar-los noms i inventar-ne històries estrambòtiques. Hèctor era un improvisador especialment desvergonyit pel que fa al cas.

–Mira aquella dona que travessa la passarel·la –va dir un dia. Marta es va fixar en una senyora que coixejava ostensiblement, sexagenària, obesa, vestida amb una bata verda estampada de flors grogues que es feia veure d'una hora lluny–. És una top-model–va assegurar–, *miss* airositat porcina, ha vingut a posta de Milà per passar una col·lecció de Francis Montesinos.

Aquesta mena d'acudits venials els feien molta gràcia.

Una altra vegada se'ls va acostar un passatger despistat a la cafeteria de la dàrsena i, molt circumspecte, amb un plànol a la mà, els va preguntar si sabien anglès.

–*I'm a little* –s'excusà Marta tot fent escarafalls, i va assenyalar el seu company com indicant que ell sí que en sabia.

–*Please, where is hotel Astoria?* –va preguntar llavors el turista.

Hèctor, molt amanerat, va estrènyer la mà de l'anglès i li va respondre solemne, entre l'aire pedant d'un gentlemen i la locució sincopada d'un illetrat, amb una pronunciació expressament matussera.

–*My name is Dick* –va mentir.

–*Pleased to meet you* –va encaixar l'altre amb un somriure–. *My name is John.*

–*The teatcher is english* –va continuar Hèctor flegmàtic.

El tal John va posar uns ulls com unes taronges:

–*Sorry?*

–*Sorry* tu, macaco, i escolta bé o acabaràs perdent-te.

Després Hèctor va giravoltar al seu voltant i va continuar parlant emfàticament i a plena veu mentre Marta es trencava de riure i s'allunyava d'ells cada vegada més.

–*Has Mary a pencil? My taylor is reach. Is the lion a beautiful animal? Yes, the lion is a beautiful animal. Do you close the window? My uncle is in London.*

L'anglès, sorprès al principi, es va adonar finalment de la broma i els va enviar més o menys a pastar fang.

–Com t'has passat! –va exclamar Marta quan es van quedar sols–, estava emprenyat de veres. Per què no li has explicat on era l'hotel?

–Bah, em trauen de polleguera, aquests llepaculs tan primmirats, n'he conegut un fum, a Anglaterra, creu-me. Has vist que prompte li ha caigut la careta de cavaller i com bramava?; semblava un hooligan furibund.

Hèctor es comportava molt bé, ara, amb ella, estava més relaxat, potser perquè estaven sols i no havien de retre comptes a ningú. No tenia amics, prou que se n'havia adonat Marta, i li costava relacionar-se amb la gent que no li interessava; no perdia ni un segon en contemplacions ni li agradaven, deia, els formulismes hipòcrites. Marta atribuïa aquest comportament asocial a la seua desastrosa vida familiar, i a la mort de la mare, un trauma que, segons semblava, no havia aconseguit superar. Però Hèctor no en parlava, només quan ella el burxava un poc.

–Ma mare actuava en els millors teatres del món, és un dels millors records que tinc d'ella –li va confessar un dia.

Marta se'n va estranyar:

–Però com, no s'havia deixat la carrera quan va conèixer el teu pare?

–Sí, sí, és clar –va vacil·lar ell–, em referia a... gravacions, ja et deixaré alguna cinta de vídeo algun dia.

Marta no insistia, en aquests casos. Prou es veia que l'intimidava parlar del tema; sa mare era de moment una qüestió tabú, i ella ho admetia. Ja n'hi hauria temps, pensava, d'afrontar-ho. Per res del món hauria volgut atabalar-lo, que se sentira *ofegat*. En tenia prou amb la seua estima, que el xicot li mostrava amb escreix. En la seua opinió, tenia detalls molt tendres, Hèctor.

Des de feia uns dies, per exemple, li havia pegat per dir que li agradaria tenir una moto per portar-la ací i allà.

–Però xe... Com una moto? A mi m'agrada el que fem, per a què vols tu una moto? –se'n va riure ella.

–Podríem anar a Requena, al naixement del Túria, què sé jo?, conec llocs fantàstics –va insistir ell.

Però tot d'una va fer un posat amarg i un núvol va enterbolir els seus ulls.

–L'execucagalló no afluixarà la pasta, em té a pa i aigua, el cabronàs, així que ens en podem oblidar.

–No t'has de preocupar d'això, babau, em tens a mi –el va consolar ella.

–Sí, però si tinguérem la moto...

–Torna-li! –Marta se li va plantar tot fent nanses damunt de les cames–. Anem a veure, per a què vols la moto, rei?

–Et podria dur a casa dels pares més sovint.

–Solucionat! Vaig estar el cap de setmana passat, i no vull anar-hi més sovint –li va fer unes moixaines–, només vull besar-te a tu més sovint, m'entens?

I se li va llançar a sobre, però Hèctor, jocós, se la va traure de damunt.

–No, de veres, Marta, em fot no poder oferir-te res –l'altra li anava fent carasses: «ai, pobrissó meu, que encara li eixirà, la maleïda moto»–. No m'agrada que ho hages de pagar tu tot. No sé –va afegir arrufant les celles, com de broma– m'hauria de posar a treballar, de debò, encara que ens vegem menys.

–Això mai, abans te la compre jo, la moto del dimoni –el va amenaçar.

Hèctor va riure més:

–No sigues haca, tu saps quant val una vespa? No en tens ni per a començar.

–No? –el va desafiar llavors ella amb un punt d'ironia.

I, farta d'aquell assumpte, va segellar els seus llavis amb els seus propis llavis, que es complaïen de recórrer aquell tros de carn molsuda i ardent.

Marta dubtava que hi haguera al món una dona tan feliç com ella. Sense saber ben bé perquè a vegades es posava a cantar tota sola a l'habitació o a córrer per la casa cridant qualsevol barrabassada, amb l'espant consegüent de les seues companyes.

–On és el foc, Marta, et trobes bé?

–Sóc la reina de Saba, Cleòpatra, Santa Teresa de Jesús, Joana d'Arc, Édith Piaf, Simone de Beauvoir, la Monna Lisa! –deia tot passant com una exhalació.

–Més aviat sembles una cabra malaia –ironitzava Carme.

El cos de Marta, el seu pensament, no podia albergar tanta alegria i ho havia de proclamar al món d'alguna manera.

Hèctor l'estimava com ningú no l'havia estimada, pensava, massa ferventment potser, perquè no li feia gràcia que es relacionara amb ningú, sobretot amb tios, i si alguna volta la veia intercanviant apunts o tan sols un somriure cordial (últimament l'esperava a la mateixa porta de classe) es posava molt pesat i volia saber-ho tot d'aquella persona.

La gelosia formava part de la seua relació, Hèctor no ho podia evitar, l'exculpava Marta, i això la inquietava perquè no el volia fer patir, però sobretot perquè no hi havia motius. Per això, sense arribar a proposar-s'ho però com si el subconscient activara un senyal d'alarma, va acabar esquivant els companys de classe, alguns dels quals es van arribar a estranyar molt d'aquest canvi. Com per art de màgia, la Marta que coneixien: amable, simpàtica i planera, en poc més d'un mes havia esdevingut orgullosa, taciturna i distant.

Sobretot li feia gràcia, l'emprenyava més ben dit, que tinguera gelosia de Marcel. Ella ni se'n recordava, ja, d'aquell nòvio existencial que havia tingut i que només Déu devia saber on parava. Un dia, de sobte, enmig d'un silenci, Hèctor, li va etzibar molest:

–Estàs pensant en ell, ei que sí?

Marta, que no pensava en res en concret, divagava simplement, es va sobresaltar. Però ell va interpretar aquest neguit com si amagara alguna cosa i la va agafar del coll, com si l'acaronara, amb les mans fermes, però prou es veia en els seus ulls apàtics i freds que també era una altra cosa.

–Encara penses en ell, veritat?

–En Marcel? –es va defensar ella– No! Què dius ara?

–Per què ho negues amb tanta vehemència, doncs? Per què creus que parlava d'aquest idiota? –va dir ell amb un mig somriure, i li va refregar els pits amb un ímpetu tal que la va fer xisclar.

–Em fas mal, Hèctor –va suplicar ella.

Llavors ell la va mirar molt seriós, les mans encara sobre els seus pits, com acaronant-los.

–És millor que no penses, Marta, tinc gelos fins i tot dels teus pensaments –la va amenaçar rialler, d'una manera tan ambigua que a Marta li costava entendre si de veres li importava o si s'estava rifant d'ella.

Per sort *allò* no havia passat sovint fins ara, reflexionava Marta, encara que no sabia massa bé què volia dir sovint, i es preguntava si *allò* devia ser normal en altres parelles.

En una altra ocasió, poc després, Hèctor la va agafar també del canell i, mig de broma, mig seriosament (no sabia per què havia començat aquesta vegada), li va fer un poc de mal; volia obligar-la a confessar Déu sabia quina cosa, però després es va disculpar i va tornar a ser el mateix d'abans.

El problema és que, quan de sobte es van anar succeint aquestes escenetes, ja no sabies quin era el d'ara i el d'abans. Hèctor va dir a Marta que era gelós perquè l'estimava molt, i ella se'l va creure i va fer tot el possible per no irritar-lo. Recordava l'episodi llunyà de la discoteca i no volia repetir aquell malson de cap manera. Estava encegada, tenia por que la felicitat que tant li havia costat d'abastar se li escapara de les mans com l'aigua d'un colador. Com un animal enmig d'un incendi, Marta només pensava a salvar-se, i corria en qualsevol direcció, desesperada, sense parar esment en la raó. No s'adonava que fugia del foc per caure a les brases, altrament s'hauria preguntat si, d'això que sentia i que tant la feia patir, d'aquesta incertesa, se'n podia dir felicitat.

El que no sabia, pobra Marta, és que es trobava més enllà de les portes de l'infern, del seu infern particular, i que d'ara endavant seria tan dolorós penetrar-hi com tractar d'escapar-ne.

Portava un anell, sobretot, Hèctor, que havia intrigat Marta des del començament; era un segell de plata i el duia en el dit menut; tenia unes inicials gravades, amb una decoració tan flamígera que de lluny costava identificar-les. Era molt fi; no era l'habitual segell de comunió daurat, sinó més aviat un anell de dona, com una penyora d'amor.

Eren al passeig de l'Albereda, un dissabte, i l'esplanada era plena de gom a gom. Marta estava allargada damunt d'un banc, amb el cap recolzat sobre la cama d'Hèctor, i feia una estona que joguinejava amb la seua mà, fins que es va armar de valor i li va fer la pregunta:

–Qui és I. F.?

–Què? –va preguntar ell aparentment distret.

–El nom de l'anell, qui és la xica?

Hèctor es va incorporar.

–Com ho saps tu, que és una xica?

–De qui és? –va insistir ella amb un mig somriure a la boca, com dient «ei, que t'he enxampat, rei, comparteix amb mi el teu secret. El nostre amor és a prova de bombes, ja ho saps».

–És de ma mare –va evocar ell aspre, aclucant els ulls i empassant la saliva–. Me'l va regalar un poc abans de morir, és una les poques coses que em queden d'ella.

–Ja.

Es va produir un silenci. Marta somreia, sabia que li estava dient una mentida i que li ho faria pagar car; s'estava divertint per dins bona cosa: «tal faràs tal trobaràs, amic», es deia. Estava neguitosa per descobrir-lo, per jugar amb ell.

–Però no li deien Sofia, a ta mare? –va preguntar de sobte amb un punt de falsa innocència.

–Era un anell de sa mare, la meua àvia Isadora –va respondre ell sense parpellejar.

–Ah, Isadora. Quin nom més bonic...

Un altre silenci. Marta va xiular les notes d'una cançó. A hores d'ara els dos s'estaven mirant fit a fit; era impossible no veure la sorna en els d'ella i el fàstic en els d'ell.

–Me'l deixes veure? –va demanar la xica finalment.

Hèctor va apuntar un mig somriure i se'l va traure.

–És clar. Per què no?

–És un anell bonic –va dir ella examinant-lo–. Era molt moderna la teua àvia.

–Sí.

–És un anell molt hippie, sembla cèltic per la decoració –va dir, però s'entenia perfectament el que de veres hi havia a sota: «vinga, l'àvia Isadora, ara conta-me'n una de vaquers, xaval». Va continuar xiluant–: Hi ha una data a l'interior, 3 de juny de 1974... Què significa?

–És el dia que vaig nàixer jo. Ho va gravar ma mare, estàvem molt units, ja ho saps, era una manera d'enllaçar les tres generacions.

–És una idea bonica.

–Sí.

Encara un altre silenci, espès com la calitja d'un dia boirós.

–3 de juny del 74 –va repetir Marta– sagitari.

–Sí, sagitari, ambiciós i amant de la llibertat.

–Però els sagitari sou nats entre novembre i desembre. Com t'expliques això? Un Sagitari nascut en terreny dels gèminis. Quina cosa més rara, no?

–No ho sé, no sóc un expert en horòscops, no hi crec –va enunciar Hèctor amb un somriure cínic–. M'importen una merda. Per què no m'ho expliques tu? –va preguntar.

Marta es va incorporar amb els genolls sobre el banc, recolzada sobre el muscle d'ell, buscant-li la cara.

–Vinga, no sigues babau –va esclafir a riure–, digues-me qui és ella, no m'importa, de veres, el nostre amor és a prova de bombes, no te'n recordes?

De sobte ell se'n va desfer d'una revolada, com es desfaria d'una mosca.

–No em crides a l'orella, idiota –la va agafar del jersei, estirant-lo, desbocant-lo–. Què fas? Espiant-me? Qui t'has pensat que ets per a controlar-me?

Marta es va quedar desconcertada, esbalaïda, anihilada. Es pensava viure un malson, com si això no li estiguera passant a ella, però ell continuava arrossegant-la i no aconseguia despertar.

–No confies en mi, veritat? –la xica volia cridar que no, que això no era cert, però no li eixien les paraules–. Qui t'has pensat que sóc? De què creus que vaig jo per la vida, gossa estúpida?

Marta no ho sabia, de què anava ell per la vida, aquest és el fet. Hauria donat el dit d'una mà per saber-ho, en aquell moment. S'havia pensat que estava jugant al seu joc: «estic gelós perquè t'estime», havia dit ell. Li havia volgut declarar que ella també l'estimava a la seua manera, de totes les maneres possibles, i de sobte s'havia trobat que jugaven a un altre joc, una mena de joc del qual desconeixia les regles, si és que n'hi havia.

Alguna gent es va parar a mirar-ho, i Marta es va sentir ridícula.

–M'embafes, tia. No m'estranya que els tios et fugen. Creus que tots som com tu, que t'ho folles tot, porca?

Per què li deia això? Per què la insultava d'aquella manera? Per quins set sous li feia aquell numeret? Marta estava massa atabalada i aterrida per a trobar-hi cap resposta.

–Me'n vaig, no patesques, no vull saber res més de tu. Queda't tranquil·la amb els teus rotllos d'espia barata –va cridar Hèctor.

Més que les maneres brusques d'ell la va espantar el silenci quan es va quedar sola, un silenci tamisat pels seus sanglots, que escoltava com si foren els d'un altre. De sobte va descobrir que tothom la mirava amb commiseració, i que no hi havia cap forat on amagar-se. Una parella d'ancians, agafats del bracet, se li va acostar. L'home, sense soltar l'agafall de la dona, va increpar Hèctor:

–Si fóra més jove li fotria una bona bastonada. Prou es veu que és un bergant.

–Vols que t'acompanyem a algun lloc, bonica? –la va consolar la dona amanyagant-li el cap.

Marta va fer que no amb el cap, però va acceptar la calidesa d'aquells dits macil·lents com un bàlsam; se sentia tan bruta que hauria volgut morir.

COM UN BALANDRE A LA DERIVA

Hauria volgut morir però això no va passar; ningú no es mor d'amor d'un colp, per sort. Marta es va tancar a l'habitació i va plorar fins a l'extenuació. No podia concentrar-se en els estudis, les lletres acabaven ballant-li, i passava les hores ajaguda al llit, mirant l'escrostonament del sostre. Hi havia un punt d'esplín en tot allò que es complaïa de recrear-se en el fang. A Marta li calia algú que l'agafara del muscle i li propinara una sacsada com Déu mana: «ja n'hi ha prou, beneïta, que t'estàs destruint, no t'adones que aquest imbècil no et vol?». I prou que ho van intentar les amigues, Carme i Júlia, però Marta havia entrat en una espiral de difícil retorn, on la fantasia ocupava el lloc de la realitat.

D'una banda els deia que sí, que això s'havia acabat, que la deixaren sola, per favor, que aviat s'alçaria a dinar o el que fóra, però després es congratulava d'imaginar, per exemple, que Hèctor havia tingut un motiu poderós per fugir, i que ella era la víctima d'una conspiració, i fins i tot amania aquest somni de palaus francesos amb motius rococó i vestits d'època; somniava desperta; diguem que prenia morfina per mitigar el dolor, però no podia, o es negava a extirpar l'arrel del seu mal.

En els instants de lucidesa s'adonava que no sabia res d'Hèctor, ni tan sols el seu telèfon. Va cridar a totes les residències d'estudiants, però en cap d'elles li van saber donar referències. Era com si s'haguera fet fonedís, o com si no haguera existit mai.

I vet ací que un dia, tot just havia passat una setmana i Marta havia perdut dos quilos, el xicot es va presentar a casa com si no haguera passat res, amb un ram preciós sota el braç: un aplec de flors silvestres que havia agafat d'ací i d'allà, va dir: del llit del riu, d'un jardí privat, de la platabanda d'algun monument; sentint-lo tan exaltat hauríeu pensat que havia dut a terme alguna gesta especialment arriscada, que tornava de buscar el Sant Greal o una cosa així.

A Marta la va sorprendre que no fera cap referència a l'episodi de dissabte anterior. Mentre ell xarrava pels colzes de les coses que havia fet (estava com embriac, tenia el cap ple de plans i de llocs que havien de visitar els dos junts), ella va considerar si havia de traure el tema; hi havia punts foscos que volia aclarir i que, segons creia, no admetien més dilació, que no estava disposada a tolerar, vaja. No li havia agradat el to ni les coses que Hèctor havia insinuat d'ella, però d'altra banda l'havia recuperat i ell tornava a estar de bon humor; no sabia què fer: tenia el cap a carrerons.

–Hèctor –va començar a dir previnguda–, crec que hauríem de parlar.

–I què estem fent, reina? –es va queixar l'altre mentre li agafava les mans i la mirava amb els seus ulls blaus i lànguids. De sobte va somriure–. Com t'he trobat a faltar, Marta! Vas a renyar-me? Que no has pensat en mi ni un poquet? –mentrestant li anava fent carassetes com se li fa a un xiquet de bolquers.

Per un moment, Marta no va saber si rebentar de riure o esquinçar-li la cara. Com es podia tenir tanta barra? En lloc d'això (la desesperació comporta aquestes paradoxes) es va posar a plorar.

–Ei, ei, Marteta, per què plores? –Hèctor la va abraçar i ella va sentir una bafarada de la seua peculiar olor, que havia temut perdre per sempre– Ja ha passat tot. Ja ha passat tot, reina –i després d'una pausa, en un xiu-xiu afligit, va afegir–: Sóc un ruc, Marta, no sé valorar el que tinc. Me n'hauria d'anar ara mateix.

Marta va tancar els ulls, se sentia exhausta, com si acabara de travessar una tempesta amb un balandre lleuger. No volia fer cas de les conseqüències d'aquest temporal ara que havia tornat a un port que suposava segur, no va voler veure, per tant, el velam esquinçat ni el pal esberlat en què s'havia convertit ella mateixa. Pensava que havia triat no parlar, per això se sentia lliure, però en realitat era Hèctor qui havia triat una vegada més per ella.

Durant una temporada, les coses tornaren a anar bé. Marta s'estava acostumant a aquest anar i venir; vivia presa d'una inquietud implacable, perquè la seua felicitat no depenia del que fera sinó de l'atzar, com si vagara a mercè de la rosa dels vents, amb el seu petit balandre rebregat.

Tractava de preveure els desitjos d'ell, els seus canvis sobtats, i va provar d'adaptar-s'hi, com faria per corregir un vent advers, anul·lant-se, donant-li la raó sempre en tot. En una paraula, Marta va començar a desaparèixer com a persona. Tot plegat era com si se li haguera instal·lat un cuc dins que la rosegara a poc a poc. Pensava que era feliç, i de fet ho era, molt: histèricament feliç.

Poc després, Carme i Júlia se'n van anar al poble durant les vacances de Nadal, i Hèctor va aprofitar l'avinentesa per instal·lar-se al pis, provisionalment. Va ser llavors que Marta li va regalar la moto, una vespa verda, amb els fars i el parafang cromats. Era el 25 de desembre, i la xicota s'hi va gastar una part considerable dels seus estalvis. Hèctor es va deixar arrossegar fins al pàrquing amb els ulls tancats i tot fent tentines; li agradaven molt les sorpreses i no es va estar tot el trajecte de fer broma.

–A veure si m'estavellaré contra un semàfor, vigila.

–Vaig a tirar-te per un penya-segat –reia l'altra, com si només així, de broma, el seu subconscient s'atrevira a dictar-li el que més li hauria convingut.

–Marta, per favor, que no sé nadar, a veure si tenim un disgust.

Es va quedar bocabadat, Hèctor, quan va obrir els seus ulls finalment; estava com unes castanyoles amb la seua moto nova de trinca. No s'ho podia creure.

–Però Marta..., Marta, tia... Collons, Marta, estàs boja! –va exclamar fora de si.

Era per veure'l, feliç com una cama-roja, corrent d'ací cap allà i fent derrapar pel garatge la seua llampant vespa de fars cromats.

–Ara sí que sé que m'estimes de veritat –li va dir, i la va retribuir amb un bes febril, enmig d'un núvol de fum tots dos.

Aquell dia mateix, per estrenar-la, van anar al Vedat a dinar a casa d'ella. Feia dies que havia tocat la mare i els havia convidat a una olla de Nadal reglamentària, amb pilota, botifarra i cansalada, «a tu i al teu xicot, és clar», havia dit la dona tota mel·líflua. La seua filla no estava segura de si li agradava tota aquesta murga del festeig oficial, però va ser Hèctor qui es va entestar, li va dir que tenia ganes de conèixer la seua família, que ja tocava, i això la va complaure, la feia sentir més segura. Marcel, per exemple, mai no havia volgut passar de la porta, l'ofegaven aquestes coses.

En canvi Hèctor es va captenir amb una naturalitat admirable des del començament, assegut a la cadira mig de gaidó, amb una copa de xerès a la mà, xerrant de trivialitats, com si haguera estat executant aquesta escena tota la vida.

En acabat, la mare de Marta es va encarregar de dur el convidat a taula, el duia agafat del bracet, com s'imaginava que es devia fer a les ambaixades d'upa.

–Tot molt casolà, Hèctor, nosaltres som molt casolans, he preparat un dinar tradicional –es va excusar Maria tot fent rialletes i obviant el fet que el menú l'havia preparat la minyona.

Hèctor li va passar un braç pels muscles, d'una manera que a Maria li va semblar molt graciosa i alhora desimbolta; li va treure vint anys de damunt, ni més ni menys; se sentia com si el príncep d'Astúries fóra el seu gendre.

–T'ho agraesc, Maria, em feu sentir com a casa.

Era la presentació oficial, i se'n van sortir excel·lentment; ajudava el fet que els pares de Marta havien fet les seues cabòries amb el poc que li havien tret a Marta d'algunes converses i tenien ganes de música de violí, com si diguérem.

–Però quina marxa porteu vosaltres, penseu casar-vos i tot això, no? –va preguntar Esteve a Hèctor en un apart.

–Naturalment. Però primer he d'acabar les oposicions al cos diplomàtic. El meu pare creu que em pot facilitar alguna destinació, té molta mà pels seus contactes amb els d'afers estrangers –va explicar Hèctor circumspecte; després va abaixar la veu, com per fer una confidència, amb una certa desgana–. Corre la brama que el volen traslladar a Alemanya, a Berlín. I em vol a prop seu.

–A Berlín? –es va esbalair Esteve.

–És només un rumor de moment, un secret. La FORD vol expandir-se pels països de l'est d'Europa.

–És clar, aquestes coses van un poc així –va assentir el seu interlocutor amb l'aire greu, el qual no tenia ni la més petita idea de com anaven *aquestes coses,* però es va quedar confortablement convençut que se les tenia amb un xicot exemplar.

Gràcies a la moto, Hèctor i Marta van poder fer algunes escapades fora de València. Un dia van anar al Saler i es van endinsar per un camí pedregós que travessava la devesa de nord a sud. Es van fer algunes fotos.

–Per què no corres un poc per aquí –va suggerir el xicot, i va traure un fum d'instantànies fins que la seua companya es va deixar caure exhausta damunt la pinassa. Feia fred, un fred de ple hivern carregat de la humitat de la mar, i es van tombar sobre una manta de viatge al peu d'un pi arronyacat i en forma de campana que els va fer l'efecte d'un iglú.

–Sóc tan feliç que em podria morir ara mateix –va confessar Marta.

Hèctor va somriure i la va acotxar tendrament amb el seu abric, els dos junts a sota de l'abric.

Però en general s'havien de conformar a quedar-se a la ciutat. Hèctor no volia ni sentir que Marta li pagara la benzina; ja era prou que vivia a papa i non a sa casa, adduïa davant les queixes mel·líflues d'ella, que li assegurava en tot i per tot que els dos eren com un de sol. El seu orgull, deia, li exigia mantenir, ni que fóra mínimament, un reducte d'independència econòmica. El seu orgull, per sort, era menys susceptible pel que fa als diaris, les entrades de cine i les cerveses d'importació, que consumia a dotzenes.

Mentrestant, esperava un sobre de son pare, «l'almoina de l'execuronyós», ironitzava, la qual, segons es lamentava, amb prou feines arribaria per a pagar la residència i les despeses de llibres necessaris per a la seua tesi.

En la foscor de la nit, mentre romanien recolzats al capçal i ell l'embolcallava amb els seus braços, a Hèctor li agradava parlar de projectes futurs i ella gaudia escoltant-los, per més inversemblants que foren, perquè els unien en la distància. Un dels més recurrents els trasportava mentalment a una caseta vora la mar, els contorns i el mobiliari de la qual ell redissenyava contínuament. Una vegada va imaginar-hi un gos, i una altra, fins i tot, un xiquet de bolquers que a ella la féu estremir.

De sobte, a Hèctor li va entrar una ànsia de fer diners que a ella li feia molta gràcia, era com si tot d'una sentira la responsabilitat d'alimentar una família, d'oferir-li proves materials del seu amor.

–Però si ja sóc molt feliç, estimat –protestava debades Marta.

–Demà buscaré feina, estic fart de viure a costa teua –argumentava ell, amb una determinació tal que semblava que pretenia escalar el Kilimanjaro en pijama.

–Demà és cap d'any, està tot tancat, babau –es burlava Marta.

I tots dos rebentaven de riure.

Va ser en una d'aquestes converses íntimes (l'habitació estava il·luminada tènuement pels reflexos d'un fanal provinents del carrer), que ella es va atrevir a confiar-li una idea que havia tingut; li havia estat pegant voltes de feia uns dies, però fins llavors no li havia confessat res perquè tenia por de la seua reacció.

–Si pogueres viure ací... –va sospirar, com presumint d'avantmà que això era utòpic– t'estalviaries els diners de la residència.

Marta, en la penombra del dormitori, no podia endevinar l'expressió d'Hèctor, i va esperar amb l'ai al cor.

–Així disposaríem de més diners per a nosaltres, ei? –va sentir finalment que li responia.

No li va semblar, pel to de la veu, que estiguera molest, i es va arriscar un poc més.

–Podem compartir l'habitació, és molt gran.

Tot d'una Hèctor va esclafir a riure i Marta va tibar els músculs, disposada a donar un colp de timó si molt convenia, però ell la va abraçar amb tendresa. Podia respirar tranquil·la, el vent bufava de popa encara.

–Saps en què invertiria els diners, Marteta? –en la mitja foscor ell va trobar la seua galta i la va omplir de besos–. M'agradaria fer-te un regal, un anell de compromís. I després et compraria una casa. O un raspall de dents. O una agulla d'estendre. Ets tan bona! –va exclamar sorneguer.

Marta es va encamellar sobre el seu pit i va protestar marranejant com una criatura.

–Et parle seriosament –va mussitar.

–Molt bé –va respondre ell interpretant fil per randa la comèdia d'enamorats–, i on m'instal·laria: al menjador, al rebost, a la butxaqueta del teu jupetí?

–Ja t'ho he dit, la meua habitació és gran.

Es va esdevenir un silenci. Marta va sentir les mans d'Hèctor que pujaven i que es detenien a frec dels seus pits, i després va notar els polzes d'ell acariciant la seua carn.

–Podria estudiar més tranquil, em concentraria millor –va calcular ell distret.

–I estaríem sempre junts –va sospirar Marta.

Tot d'una, Hèctor va suspendre el moviment.

–Les teues amigues, estarien molt contentes, veritat? –va preguntar cínic.

–Jo parlaré amb elles –va xiuxiuejar ella prement amb força les seues mans.

Va ser com començar una nova vida: any nou, vida nova, es van dir. El 4 de gener, doncs, Hèctor es va traslladar al pis de les xiques. Marta es va estranyar que no portara sinó tres bosses i una motxilla, cap objecte personal, tret del raspall de dents i la maquineta d'afaitar. Tot plegat la seua roba a penes va ocupar dos calaixos i sis o set penjadors.

–I els llibres, els apunts, per què no ho has dut tot? –va preguntar ella.

Hèctor va traure del fons de la motxilla una caixa de disquets d'ordinador i la va exhibir davant dels seus ulls.

–Ací està la tesi, tota la meua vida, m'agrada viatjar curt d'equipatge.

–No tens llibres?

Hèctor va traure ara el manual de dret internacional que ja li havia vist alguna vegada.

–La resta és al departament, no en necessite més –va somriure.

–Però no tens dossiers, ni carpetes..., fitxes? –va insistir Marta; estava com al·lucinada–. Ni bolis?

–No m'embafes, tia, deixa'm respirar –va cridar Hèctor–. Acabe d'arribar, què vols? –va agafar d'una revolada un parell de samarretes–. Vas a començar amb les historietes d'espies? Que vols que me'n vaja?

Marta va sentir com l'assaltava una mena de vertigen, de sobte se li havia manifestat l'altra cara d'Hector, i va considerar que potser no havia estat una bona idea, aquest trasllat; volia confessar-li les seues pors, però el retret no va arribar a eixir de la seua gola.

–Per què dius això? –es va sorprendre pronunciant en veu alta– Estic un poc nerviosa. Vull que et sentes com a casa, és només que m'he estranyat. Pensava... pensava que seria un trasllat definitiu.

Hèctor va llançar les peces de roba damunt del llit i, en el mateix moviment impetuós, va tractar d'agafar-la del muscle. Instintivament, la xica es va protegir la cara.

–Però què fas, Marta? Creus que anava a pegar-te? Digues, Marteta, penses que sóc capaç d'una cosa així? –va mussitar Hèctor, i va acabar el gest, que no pretenia sinó abraçar-la–. Estem un poc nerviosos, només és això, veritat?

Marta, sobretot, no desitjava pensar, i va voler atribuir tots els seus dubtes al fet que era la primera vegada que compartia sostre amb un xic, que acceptava un compromís els lligams del qual estaven encara per definir.

Hèctor, en canvi, va desplegar una energia fora mida des d'aleshores; va endreçar el lavabo i va ordenar els estris de les xiques que estaven dispersos un poc a la babalà; a tal efecte va dividir la lleixa del rentamans en quatre seccions iguals que va mesurar amb un metre, «perquè no es queixe ningú», va dir. A continuació va agafar uns papers i va voler fer horaris de tota mena: torns de cuina, per rentar plats, de la dutxa del matí, de neteja, d'anar a comprar, de l'ús de la televisió, i fins i tot va voler calcular quants diners havien de posar a la setmana.

–No cal que siguem tan primmirats –va objectar Marta quan ell va voler establir l'ordre per baixar la bossa de fem– nosaltres ho fem tot entre totes. Mai no hem discutit per això.

–Així és com comencen les susceptibilitats, no vull que ningú pense que me n'aprofite, com més organitzats estiguem menys discutirem –va dir ell amb fermesa–, així no s'escaparà ningú.

«De què?», li va passar pel cap a Marta, però en comptes d'això va cedir:

–Com tu cregues.

–No, com jo crega no –va saltar l'altre; eren al costat de la finestra del menjador i Hèctor la va fer asseure damunt de les seues cames.– Açò és cosa dels dos, els dos estàvem d'acord, te'n recordes? Escolta –li va posar la mà a la galta, el to de veu era de sobte molt afectuós, com per reptar una criatura–, no vull imposar res, però s'han de respectar unes normes si volem que açò no siga un desastre. Tu i jo estem acostumats a una manera de fer, no tenim perquè aguantar els mals rotllos de ningú, veritat? Vull que tot isca perfecte, que sobretot estiguem bé tu i jo.

–Jo també –va concedir la jove.

Llavors Hèctor va passar la mà pel vidre de la finestra i la va enretirar plena de pols.

–A alguna se li ha oblidat passar el plomall últimament, no? –va punxar–. Entens ara el que volia dir?

Després va tenir una mostra de desinterès que va impressionar Marta: li va lliurar un sobre amb capçalera de l'empresa FORD que tenia a l'interior un feix de bitllets.

–D'açò t'encarregues tu, considera-ho un regal de l'execumondongo. D'ara endavant, el que és meu és teu –va somriure.

TORNS DE LATRINA

L'endemà de Reis, Carme i Júlia van arribar puntuals i carregades de paquets, l'una darrere de l'altra. Van fer molts crits, les tres xiques, com si fera una eternitat que no es veren; a penes van passar del vestíbul, com aquell qui diu: van deixar les maletes escampades pel terra de qualsevol manera i es van dedicar a obrir els regals i a fer-se abraçades, fent botets, amb la mateixa vigoria amb què jugaven a la corda quan eren menudes.

D'aquesta manera les va trobar Hèctor en obrir la porta al cap de mitja hora. Duia tres roses roges i en va repartir una a cadascuna de les xiques; se'l veia radiant d'alegria.

Carme i Júlia no deixaren de reparar que no havia tocat a la porta i van rebre la flor amb una certa tibantor. Tot d'una els va caure la bena dels ulls; es van fitar de reüll i no gosaren respondre al seu «benvingudes a casa» més enllà d'uns protocol·laris «hola» i «com va això?»

–Us abelleix una cervesa? –va preguntar el xicot, però no va esperar cap resposta perquè no n'hi va haver–. En tenim una de negra exquisida –va dir tot somrient–. Ara vinc.

–Supose que ens has de donar una notícia bomba, Marta –va comentar Júlia quan es van quedar totes soles.

–Deixa que ho endevine –va reblar Carme amb un punt de mala llet–, Hèctor serà d'ara endavant el nostre majordom.

Però Marta no va explicar res, simplement va arronsar els muscles.

Les xiques van acceptar la nova situació de mala gana, per afecte i consideració envers la seua amiga, per la manera que els va implorar sense dir-los ni mitja paraula, abaixant el cap; prou es veia que es moria de vergonya i no la van voler fer sentir pitjor. No n'havien de fer res, si ella ho volia així. Eren com els tres mosqueters, les tres, i ningú trencaria això fàcilment. Així, doncs, van decidir prendre's de broma la nova reglamentació de convivència i la distribució de racons individuals i col·lectius que Hèctor els va anar detallant com si fóra un sergent d'infanteria.

–Demà em toca neteja de latrina i servei de menjador, si ho he entès bé –se'n va fotre Carme–. Però qui farà la primera guàrdia?

A la nit, després d'un sopar fred, ella i Júlia es van tancar a la seua habitació, «per estudiar», van dir, i van estar parlant unes hores. A Marta li va fer l'efecte que una falla començava a obrir-se entre elles.

La convivència, passat el primer moment d'estupor, era la que es podia esperar d'una caserna militar. La metàfora castrense és especialment adient perquè hi havia, per dir-ho així, molt de silenci i alhora soroll de sabres, conspiracions secretes entre els dos bàndols.

La nevera, per exemple, va constituir des del començament un punt de dissensió formidable. Carme i Júlia pagaven dues parts de despeses generals, i Hèctor i Marta una i mitja perquè compartien habitació, aquest havia estat el tracte, però aviat es va fer evident que el xicot menjava per tres i que tenia gustos més aviat cars als quals no pensava renunciar, de manera que després d'una discussió ridícula que arribà al paroxisme per una peça de camembert i una botella de bourbon, optaren per extraure el menjar de les despeses col·lectives i dividir per la meitat el frigorífic, amb una cinta aïllant vermella que el travessava de dalt a baix. Era inevitable topar-hi de bon matí durant el desdejuni com a recordatori d'una relació corrompuda.

Un altre dels punts conflictius era el lavabo. Hèctor era implacable si algú deixava un flascó obert o uns cabells al rentamans, però podia passar dues hores al bany llegint una revista a primera hora del matí. Ja li podien bastonejar la porta que no sentia res! Més d'una vegada les xiques es van haver de rentar a correcuita a la cuina per no fer tard a classe. D'això Carme (encara li quedaven unes poques ganes de broma) en deia «toaleta de campanya».

Gradualment, Hèctor va deixar de fer la neteja i de complir els mínims acords que ell mateix havia establert, sempre tenia alguna excusa perquè se n'encarregara Marta, i aquesta el tapava perquè no volia enfrontaments amb les altres. En canvi era obsessiu amb les feines que les xiques havien de fer, i els remarcava sempre alguna imperfecció, fins que les arribava a traure de polleguera.

Una vegada que Carme estava veient una pel·lícula en la tele i menjant pipes per no rosegar-se les ungles, Hèctor se li va asseure al costat, i la va estar reptant cada vegada que li queia una corfa fora del plat, i li deia que cada dia estava més grassa, que s'estava posant com una vaca, fins que la jove, farta d'aquella tortura, li va llançar el bol de pellofes al cap.

Sobre la televisió, per exemple, va establir un domini absolut i canviava de canal sense consultar, encara que acabara d'arribar a casa i algú estiguera veient alguna cosa; després, al cap d'uns minuts, s'alçava, deia que no hi feien res de bo i l'apagava. Fins i tot va arribar a amagar el comandament a distància durant una temporada.

Les topades eren constants, doncs, quasi per qualsevol cosa. Podies estar enmig d'una conversa telefònica amb la mare, amb un amic, encarregant una bombona de gas o el que fóra i et tallava la comunicació amb el pretext que havia de fer una telefonada urgent, la qual solia ser una bajanada, com ara esbrinar l'hora d'un partit de futbol. Feia l'efecte que només volia fer la punyeta, i a aquest objectiu es consagrava en cos i ànima de la nit al matí.

En general, Hèctor sempre estava de mal humor, o es posava de mal humor sobtadament, millor dit, i no sabies mai per quina raó, ni si n'hi havia una tan sols. Marta anava darrere d'ell com una esclava sense voluntat, tractant d'anticipar els seus desitjos, la qual cosa era impossible, perquè prou era que ella diguera A perquè ell diguera B, i si en aquest cas ella rectificava, ell tornava a canviar d'opinió. Era de bojos, o per fer tornar boig qualsevol.

L'ambient, aquest mal ambient, acabà per enverinar la relació entre les xiques, com no podia ser altrament. Més d'una vegada Júlia i Carme van demanar a Marta que el plantara al carrer, per elles i també per ella, estaven fartes d'observar les humiliacions a què la sotmetia, com una vegada que la va increpar davant seu perquè no li apanyava la cocció d'un ou blanet i l'havia estampat contra el terra.

–Mira que ets imbècil –havia dit acre Hèctor– no sé de què et serveix tant d'estudiar si no saps bullir ni un ou.

–Per què no te'l bulls tu, l'ou, animal, en lloc d'estar tot el dia gratant-te els teus –l'havia defensada Carme.

–Tu no et fiques en allò que no et demanen, foca, Marta és cosa meua.

Justa la fusta, Hèctor no la deixava de petja. Per la manera que la tractava, Marta era com una propietat més, absolutament submisa, i no estava disposat a compartir-la amb ningú.

–Ell no t'estima, que no ho veus? –li va assegurar un dia Carme.

–Està passant un mal moment, això és tot, és molt sensible, tu no el coneixes.

–Un mal moment? –va saltar Júlia– Però què s'ha pensat, aquest malcriat, on s'ha pensat que viu, a l'ambaixada de Londres? És un gos. Digues-me què fa a banda de beure cerveses?

–Està preparant la tesi.

–Sobre la influència de la cervesa en la societat contemporània? –va preguntar borda Carme –li donaran el *cum laude,* pots estar-ne segura. A hores d'ara deu ser ja un dels màxims especialistes de l'Europa occidental.

Marta acostumava a callar, en aquestes discussions. Què podia dir, altrament, si se sentia entre l'espasa i la paret? Tenia també la versió d'ell, que es queixava que Carme i Júlia l'havien odiat des del començament, que no li havien donat ni la més petita oportunitat, i que d'aquesta manera no podia treballar, que estava deprimit i per això es comportava així. Quan es tancaven en la soledat de la seua habitació Hèctor es transformava en una persona dolça, plorava sovint, s'humiliava, deia que no valia res, que estava desesperat, que si no fóra per ella es mataria, com si dins d'ell convisqueren els esperits del doctor Jekill i de Mister Hyde que ell feia aparèixer i desaparèixer a voluntat.

–M'agradaria tant estar sol amb tu, Marta, llavors tot aniria millor. Amb tu m'entenc perfectament, tot és molt fàcil, em fas estar tan relaxat –li va dir un dia.

–Però són amigues meues, tin paciència, són com germanes per a mi.

–Un poc més que germanes, em sembla.

–Què vols dir?

–Que no t'adones com et miren, Marta? Estan geloses del nostre rotllo. Que no veus com es tanquen a l'habitació? I les rialles, que no les sents? Saps què fan allà, tantes hores tancades?

–Això és ridícul.

–Tant se val, no és assumpte meu. En qualsevol cas és una etapa que has de superar, Marta, tens por de fer-te gran i ho entenc, però això s'ha d'acabar algun dia, tu ho saps, no pots jugar tota la vida a les ninetes, has de decidir, no et sembla?

Una de les gotes que va fer vessar el vas es va esdevenir una vesprada del mes d'abril. Júlia estava dutxant-se i en descórrer la cortina va veure que Hèctor estava assegut sobre la tassa del vàter, arrepapat contra la paret, i que la mirava sorneguer. El seu primer impuls va ser de tapar-se, però li va fer ràbia que la intimidara un paio d'aquesta mena i, tot i que es moria de vergonya, molt a poc a poc, es va enrotllar amb la tovallola.

–Em pensava que havia tancat la porta –va dir suau mentre agafava el raspall, passant tota la seua fúria a l'acció de pentinar-se.

–Vols que t'eixugue els cabells? –va xiuxiuejar ell. Li tremolava la veu de desig.

Júlia el va mirar de cua d'ull a través de l'espill, tractava d'aparençar una tranquil·litat que distava molt de sentir.

–I Marta, que no és a casa? Potser li agradaria que li'ls eixugares, a ella, t'has parat a pensar-ho?

–Ha anat a comprar. De tota manera m'agrades més tu.

–Ah, això sí que és una sorpresa... En quin sentit t'agrade més?

Hèctor va somriure amb l'aire fatxenda i es va incorporar.

–Som iguals tu i jo –va dir agafant-la de les espatlles.

Júlia va agafar unes tisores de manicura que hi havia dins d'un potet i es va girar d'una revolada.

–No, jo no sóc com tu, fill de puta –el va amenaçar–. No m'agrades gens. Ets una mala persona, i abans me n'aniria al llit amb una rata, estàs en el compte?

Hèctor no va perdre en cap moment l'aire rialler, com si l'excitara d'allò més l'enuig de Júlia.

–Era una broma, dona, que t'has tornat boja? Qui t'has pensat que sóc? Vigila o encara et tallaràs.

–No puc suportar-te, em fas oix, pallasso –va dir ella mastegant les paraules.

–Llavors és millor que te'n vages, no? No m'agrada compartir el meu pis amb gent com tu –va respondre ell molt tranquil. I després encara se li va acostar més, fins que va ser a tocar del seu cos i de les tisoretes que ella esgrimia com un petit ariet.

–Vinga, clava, puteta.

Hèctor li va llançar una manotada a la vagina per provocar-la i Júlia va fer un bot cap arrere i es va colpejar els ronyons contra el rentamans; les tisoretes li tremolaven a la mà; tenia les puntes dels dits blanques.

–Saps? Tenies raó, Júlia, tu no ets igual que jo.

I va girar cua a poc a poc. Per a ell va ser un petit triomf sentir la porta estampant-se violentament darrere seu.

En maig (feia cinc mesos que durava aquella convivència impossible), es va produir el trencament definitiu. Marta i Hèctor devien dos mesos de lloguer que havien avançat les altres dos. Els diners que ell li havia lliurat tan generosament s'havien acabat en poc menys de quinze dies, i no havia tornat a rebre cap sobre d'aquells amb capçalera llampant de la FORD. D'aleshores ençà malvivien dels diners d'ella, dels que li enviaven els pares i dels de la seua llibreta d'estalvis, la qual havia minvat considerablement.

–Per tu, Marta, el que siga, ja ho saps, però no estem disposades a pagar els capritxos del senyor, nosaltres no som filles de cap potentat –va dir Júlia amb sorna.

Júlia i Carme havien iniciat la conversa amb l'ànim de provocar-la; eren a la terrassa, on havien pujat per estudiar; l'havien arrossegada fins allí amb l'excusa d'aprofitar la llum del sol, però en realitat s'havien conjurat per fer-li veure d'una vegada per totes la realitat d'aquell monstre.

–No tinc diners, ara –va declarar Marta–, us pagaré el mes que ve, si podeu esperar, no m'agradaria demanar-los-en als pares. Hèctor s'estima més que ens espavilem pel nostre compte –va sospirar–. He trobat un treball.

–Un treball? Tu? De què?

–En un bar de copes.

–I quan estudiaràs?

–Al matí. M'ho prendré amb calma.

–Sí, és clar, acabaràs a les cinc del matí i et posaràs a estudiar, conta-me'n una de vaquers, ara.

–Doncs deixaré d'estudiar –Marta va llançar els apunts a l'aire en un gest de ràbia que va sorprendre les altres, que no s'adeia amb el seu caràcter–. Al capdavall no trac profit de res. No aprovaré de cap manera, no val la pena que m'hi encaparre. Sóc una estúpida.

–Que no val la pena? Estàs en l'últim curs de Dret, tens més excel·lents en un curs que jo en tota la meua vida acadèmica... –va exclamar Carme indignada– Qui t'ha posat al cap que ets una estúpida?

–Tant se val, ara no és el meu moment.

–No, ara és el moment de mister Heineken, veritat? La famosa tesi que no ha vist ningú. Per què no es posa ell a treballar en un bar? És el que més li escau, al capdavall, així tindrà la beguda de franc.

–Tu no l'has volgut mai, veritat?, no li has donat cap oportunitat, l'odies.

–Abans li donaria la mà a un escorpí, tens raó, almenys aquests no enganyen. Saps que van a picar-te i prou.

–El que vol dir Carme és que potser nosaltres el coneixem una mica millor que tu...

–Què vols dir? –va preguntar susceptible Marta.

Les xiques no havien perdut el temps. Havien parlat amb Jofre, i li havien preguntat d'on s'havia tret aquell amic que no coneixia ningú a la Facultat de Dret. Jofre, però, tampoc no en sabia res, els havia dit; l'havia conegut poc abans; se li havia presentat ell al bar de la facultat i no havia parat de fer-li preguntes sobre Marta. Després no havia parat de donar-li la tabarra fins que va aconseguir aquella primera cita. D'altra banda, Carme i Júlia havien esbrinat que el seu nom no constava en els fitxers de secretaria, ni en sabien res a la Complutense de Madrid.

–Hèctor no és... –va començar Júlia.

–Si et refereixes al fet que l'has volgut enredar, t'ho pots estalviar. Nosaltres no tenim secrets –la va tallar Marta, i va donar a aquesta paraula l'èmfasi d'alguna cosa bruta.

Júlia va empassar saliva, havia intuït que es referia a l'episodi de la dutxa. Ella no li n'havia parlat abans, per no ferir-la, i, vés per on, ara li explotava en la cara.

Sense dir res tot havia estat exposat, finalment, amb una cruesa que accentuava el pudor de parlar-ne. Marta ho havia deixat caure amb l'aire abrandat, o així ho van interpretar les altres, però potser era l'última defensa que li quedava, injustificada, rabiosa, la de qui ha viscut tant de temps entre les tenebres que li costa acceptar la veritat. El seu cervell només havia de fer la senzilla operació de sumar les mitges veritats, les mentides, les vexacions... per salvar-se, però havia invertit tant d'amor en Hèctor que havia acabat per identificar-s'hi i creure'l a ulls clucs. Marta estava tan encegada que era incapaç de sumar.

D'altra banda, potser hauria bastat només un pas, una simple abraçada, però hi havia massa distància entre elles, ara, i l'orgull, l'orgull estúpid, no els permetia avançar en la direcció adequada. Júlia estava dolguda i Marta va interpretar el titubeig com una declaració de culpa. Com més vehement negava l'altra i més acusava l'Hèctor, més fefaent li semblava la traïció. Damunt tot s'havia dit amb mitges paraules, de manera que la imaginació va campar malèvolament entre elles fins que Marta va escopir un exabrupte i Júlia li va creuar la cara.

El silenci que va seguir era definitiu, les tres ho sabien, com si els haguera caigut a sobre una bomba atòmica.

–És millor que cadascuna continue pel seu lloc –va concloure Marta–, ha arribat el moment de superar aquesta etapa.

Les xiques acabaren de fer la mudança el 23 de maig. Carme i Júlia havien volgut deixar el pis en un gest que no tenia res de noble. En realitat havien estat tan infelices allí els últims mesos que no van voler batallar per conservar-lo. La dissolució d'aquella amistat es va fer efectiva al llindar de la porta, subratllada per una absència, la de Marta, que es va tancar a l'habitació i no en va voler eixir.

–Bé, us n'heu d'anar o perdreu l'ascensor. Ho teniu tot? –els va preguntar Hèctor.

Carme i Júlia estaven retardant l'hora d'anar-se'n, com si esperaren que la seua amiga apareguera en l'últim moment amb la seua cara alegre de feia poc més de mig any i les despertara d'aquell malson. Es feien creus de com havia canviat tot des d'aleshores, però Hèctor les va traure del seu embaladiment.

–Que no ens farem un beset d'amics, un beset de comiat, vull dir, sense rancúnies?

Les xiques van posar les galtes en un gest ritual i fred.

–És inútil dir-te que cuides de Marta perquè no ho faràs, veritat? –va dir Júlia.

–Tens uns sentiments molt nobles, t'ho dic de cor, però no t'has de preocupar de res..., Marta i jo som com el foc i la brasa –Hèctor va posar aquell somriure cínic que tan bé li esqueia–. Això m'ha fet recordar una cosa; si em perdoneu, crec que tinc alguna cosa al foc, o la hi he de posar. Vés per on, quina memòria!

Lentament va girar cua i va tancar la porta.

Marta va començar a treballar l'endemà en un bar-discoteca de Russafa, un local amb la música altíssima on la gent parlava a crits. Entrava a mitjan vesprada i, entre una cosa i l'altra, se li feia quina hora. Alguna vegada va veure clarejar en arribar a casa.

Hèctor l'esperava sempre despert, deia que no es podia adormir sense saber que ella havia tornat. Per això havia acomodat el seu horari i treballava en la tesi fins a molt tard. Marta, que no havia oblidat les paraules de Júlia, es congratulava de veure les muntanyes de llibres i de folis que, d'un temps ençà, havien aparegut sobre la taula de treball.

Solien fer l'últim àpat junts abans d'anar al llit, algun plat precuinat o un bistec amb creïlles, qualsevol cosa ràpida. Però a Marta li costava agafar el son (durant molt de temps tenia el zum-zum de la música clavat a l'orella i notava el pit carregat de fum i l'estómac pesat). Moltes voltes s'alçava i es posava a endreçar la casa.

JA NO SÓC EL TEU GOSSET

Durant els últims temps Hèctor a penes havia volgut eixir, i de sobte un dia va semblar que la casa estava per caure-li damunt. Tant sí com no va voler anar a dinar fora.

–Em fa mal el cap –li va demanar Marta– tinc un poc de migranya, no he descansat bé últimament.

–Això són foteses, necessites escampar el poll, oblidar-te de tot un poc, hem patit molta tensió.

–Però no tenim ni un duro, és millor que ens quedem, encara no m'han pagat el sou –va al·legar la xica.

Llavors Hèctor, talment un prestidigitador, va traure un feix de bitllets i els va llançar a l'aire sense parar de giravoltar. Davant d'aquella pluja de confeti, Marta es va quedar atònita.

–Però d'on has tret això? Has rebut diners de ton pare?

–Gelada, molt gelada.

Per un moment es va pensar que havia robat un banc.

–Hèctor, per favor, d'on els has tret? –va insistir.

–Vinga, no poses cara de beata que no he fet res de dolent.

Marta se li va plantar tot fent nanses i amb una ganyota d'incredulitat a la boca.

–D'acord, he venut el meu cos a la ciència, et sents millor així? De primer em donaven tres euros coma dotze cèntims, però m'he despullat i s'han posat a licitar com boges. He fet una subhasta entre les medicastres del Clínic i se l'ha quedat la doctora Garrigues. No em preguntes per a què el vol perquè no em treia l'ull del paquet.

Era l'Hèctor dels millors moments, afable, despreocupat, i la va fer riure. Com sempre que li mostrava aquesta cara, Marta va oblidar tots els turments del passat, era com un nàufrag que arriba finalment a terra: se sentia molt afortunada d'estar amb ell.

Van anar a dinar de tapes a ca Bermell, al barri del Carme. La primera botella, un vi negre, va desaparèixer en un tres i no res. Els dos tenien set, una set insòlita; no bevien per aplacar-la sinó com si el món s'haguera d'acabar. Amb l'últim glop, Hèctor en va demanar una altra.

–Estic una miqueta alegre –va riure Marta–, crec que ja no en vull més.

–Foteses –va replicar Hèctor servint-li una altra copa–, anem a agafar-ne una de campionat.

–No, de veres, crec que m'estic marejant.

Marta no va estar segura d'haver-ho sentit fins que va veure que tothom es girava a les altres taules i es va adonar dels ulls freds d'Hèctor. Després, com si el cervell li donara la informació amb un cert retard, es va percatar que ell havia estavellat el got de vi contra la taula i que li agarrava la mà. No havia servit de res sacrificar les amigues, se li va acudir: el malson tornava a començar.

–Qui t'has cregut que ets, mitja merda? Si jo dic que beus, tu beus, entesos?

La frase, dita en un xiuxiueig, no l'havia sentida ningú tret d'ella, i tingué l'efecte de fer-li passar tot d'una la borratxera. Marta es va disculpar, encara que, com tantes altres vegades, no sabia ben bé què havia fet; va tractar de parlar-li, però ell estava com absent, no parava de beure i a penes la mirava, només de tant en tant deixava anar frases inconnexes, sense solta ni volta, a les quals ella mirava de respondre el millor que podia.

–Ho veus, ja hi tornem. Tot ho corromps. No mereixes que perda ni un minut amb tu. No busques sinó fotre'm, porca merdosa, m'ofegues. Totes les ties sou igual de bagasses.

–Per què dius això, Hèctor?, jo t'estime –més que amor, però, hi havia aprensió en la seua veu, i el seu desesper actuava sobre Hèctor com la gasolina sobre un foc–. Què més puc fer? No sé què fer?

–El primer no fer el ridícul, idiota, no veus que t'estan mirant?

Durant el cafè (Marta n'havia demanat un, volia espavilar-se el més ràpid possible) es va produir un encontre inesperat. Algú va descansar la mà sobre el seu muscle amb prevenció i ella es va sobresaltar més del compte; tenia els nervis a flor de pell.

–Marta, no sabia si eres tu. Perdona, t'he espantat?

Era Vicent Jordà, un jove professor que li havia fet classe el tercer any. De fet Vicent s'havia estrenat com a pedagog amb el seu curs. Havien coincidit en alguna festa universitària, i si no es podien dir amics, del mateix grup, havien lligat des del principi una bona química. Vicent, a diferència d'altres professors passerells, no mantenia barreres de companyonia amb els alumnes; tampoc no era un faldiller que s'aprofita del càrrec; era d'aquestes poques ànimes nobles que aconsegueix expressar-se sense subterfugis. Marta havia estat enamorada d'ell platònicament, o això s'havia pensat, com la resta de les xiques del curs si fa no fa.

–Vicent, quant de temps –la resposta no tenia la mateixa cadència que el sobresalt, sonava a evasiva, com si volguera subratllar com n'era, d'inoportuna, aquesta trobada.

Per damunt de tot Vicent Jordà no era idiota i se'n va percatar. Qualsevol amb dos dits de front se n'hauria adonat, que allà hi havia mala maror.

–He estat a Londres un parell d'anys amb una beca. He tornat fa poc –va dir a correcuita; buscava un moment oportú per tallar la conversa sense ser descortès– Bé... –va deixar la frase suspesa enlaire i donant a entendre que ja se n'anava–, confie que ens tornarem a veure.

Tot d'una, d'una manera extemporània, Hèctor va esclafir a riure i el va contrafer amb una veu de titella.

–Confie que ens tornarem a veure.

–Perdoneu, no us he presentat –es va disculpar Marta aclaparada, amb un neguit tal que es veia clar que ella també volia enllestir aviat–. Vicent Jordà va ser professor meu –va dir, com si des d'aleshores hagueren passat tres mil anys, o això li va semblar, a l'al·ludit– Hèctor, el meu nòvio. Ell també ha viscut a Londres.

–Ah –va exclamar Vicent, content d'haver trobat un motiu innocent de què parlar –On vivies tu?

–A Londres, que estàs sord? –va repetir Hèctor amb estridència, i va tornar a riure, com si haguera contat un acudit molt graciós. Després va allargar la mà, que l'altre va encaixar, i se'n va servir per alçar-se a batzegades.– Gràcies, rei, me'n vaig al vàter. Asseu-te, Vicent, com a casa, demana't alguna cosa. Ara vinc, i després ens n'anirem a casa els tres plegats –va posar una mà sobre el pit de Marta, com si s'hi recolzara, i aquesta va posar cara de pànic–. T'agradaria tocar aquestes mamelles, ei? Et porten bons records?

Tot fent tentines, Hèctor va pujar l'escala que conduïa al lavabo. Vicent va esperar fins que es va perdre de vista, després es va repenjar sobre la taula i va sostenir la galta de Marta. Aquesta és la paraula exacta, sostenir, perquè tot d'una la xica va notar que algú l'aguantava, que la cara li pesava una enormitat, que li queia, i va mossegar-se els llavis perquè no volia plorar.

–Va tot bé? Vols que eixim a fora, Marta? T'acompanye?

Tenia ganes de dir-li que no, que res no anava bé, que mai no aniria bé, que aquella relació era impossible, que se sentia en una illa deserta i que no sabia com escapar d'allí. Però tot plegat li va semblar ridícul, feia només un parell d'hores s'havia cregut la més afortunada del món.

–És millor que no, gràcies –es va excusar, i va apuntar un somriure afectat.

–De veres? –va insistir Vicent.

–Què? Sí, sí, va tot bé, de veres.

–A mi no m'ho sembla, no crec que això siga normal, Marta.

Ell la va fitar i ella va forçar una altra rialla.

–Ai, per favor, no sigues llauna. Hem begut més del compte, això és tot. Vinga, no embafes, per què no t'esfumes?, no em vulgues fer de pare tu ara.

Marta tenia unes ganes terribles de llançar-se als braços d'aquell bon home, però tenia por que l'altre tornara i es pensara vés a saber què.

–D'acord –va dir Vicent–, m'he equivocat, perdona.

I després d'una pausa que no s'acabava mai i durant la qual ella va defugir la seua mirada, amb una certa vergonya, Vicent es va acomiadar.

–Que tingues sort –va dir.

Hèctor va semblar molt decebut quan no el va trobar en eixir.

–Quina pena, m'agradava el paio aquest; l'hauríem hagut d'adoptar... Digues, t'agradaria això?

Van agafar un taxi. Hèctor tot just s'aguantava dret, però va estar tot el viatge dient-li obscenitats en veu alta, davant del taxista, que no treia l'ull del retrovisor.

–Vinga, conta'm on et posava la mà, el mico aquest? Ací? Ací? Ací?

Marta es deixava fer; es va sorprendre d'haver-se quedat tot d'una eixuta; li semblava que això li ho estaven fent a una altra persona, per això no lluitava, només tenia ganes d'arribar a casa i prendre's un parell de somnífers. Que atractiu que li va semblar llavors poder dormir per sempre, posar fi d'una vegada a aquella infàmia contínua.

En arribar, Hèctor es va deixar caure damunt del llit i ella va tenir molt de temps per a pensar. Tenia la caixa de píndoles a la mà, però no se'n va prendre cap. La situació li va semblar absurda. Estava pensant a suïcidar-se i el seu sentit de la responsabilitat, vés per on, l'enganxava a la vida: d'ací a dues hores entrava a treballar. O potser era una altra cosa, un altre sentit de la responsabilitat molt més alt que no sospitava tenir i que començava a arrapar-se a les seues entranyes. A Marta li van venir arcades.

Es va posar a endreçar la casa, com feia tantes vegades per relaxar-se abans de dormir. Li ballava pel cap el que li havia dit Vicent, la conversa de les amigues temps arrere, i alguns fragments de la seua vida amb Hèctor. Tot plegat li va semblar un desastre. Marta dubtava de tot, però no sabia quina resolució havia de prendre. Tenia por de deixar-lo perquè no sabia si podia viure sense ell, però no veia cap futur a la seua relació, i això l'amoïnava, sobretot ara que esperava un fill seu. Va celebrar no haver-li dit res encara, però no sabia què fer, necessitava temps per a pensar. Tampoc no en sabien res, els pares, ni d'això ni de la resta de la seua vida; es pensaven que la seua filla era feliç; ella mateixa s'havia preocupat escrupolosament de mantenir aquesta ficció que ara es girava en contra seua. Tot d'una va pensar en la nena llunyana que havia sigut ella i va desitjar no haver crescut mai.

Sense saber com, es va trobar asseguda davant l'escriptori d'Hèctor i, maquinalment, va començar a traure'n la pols. Tot d'una va descobrir que les muntanyes de llibres i de folis romanien intactes, que no havien canviat de lloc en molts dies. Se'n va adonar de colp, com una revelació, però no va sentir cap sorpresa, era com si sempre ho haguera sabut.

Hèctor li havia dit que estava molt il·lusionat amb la tesi, que la cosa rutllava molt bé, que aviat l'acabaria si continuava amb aquest ritme, i ella havia escollit creure'l, no sabia ben bé perquè. O potser és que no veia cap altra opció. A hores d'ara, Hèctor només tenia una família fantasma de la qual no havia vist mai ni una foto, i això era un bagatge ben minso on edificar una relació seriosa.

Se'n va anar amb la sensació de no haver descansat gens, ja en parlarien més tard, va pensar; últimament es repetia moltes vegades aquesta cantilena: que ja en parlarien després. Però no acabaven de parlar mai.

Feia tard a la feina i va baixar corrents al garatge per agafar la moto. Si algú l'haguera vista uns minuts després, asseguda al terra i la bossa de mà escampada, plorant i rient sense cap motiu aparent, hauria deduït que estava boja. Però Marta no estava boja, ni pensava tampoc que algú els havia furtat la moto. Tot d'una va endevinar d'on havia tret de sobte tants diners, Hèctor. L'havia enganyada, una vegada més. «Què més podia fer-li, aquest desgraciat?», volien dir les seues rialles.

En tornar a casa (havia estat deambulant un parell d'hores sense rumb) va fer una cafetera i es va servir un cafè ben carregat. Havia pres una decisió i volia estar serena quan ell es despertara, no volia deixar-se enredar més, estava disposada a acabar d'una vegada per sempre.

En aquests minuts de solitud va reviure molts moments i, per dir-ho d'alguna manera, va tractar d'ordenar-los en el seu cervell com si foren un trencaclosques, des d'una perspectiva nova. Però hi havia massa peces que no encaixaven. Després de rumiar-s'ho molt va arribar a la conclusió que potser és que estava intentant muntar més de dos puzles alhora. Qui diables era Hèctor? L'ésser mesquí que s'amagava darrere d'una màscara o la imatge que ella se n'havia fet. La seua aparença vertadera se li havia esmunyit fins ara com l'aigua entre les mans, però començava a traure's la bena dels ulls i a veure-hi clar.

A les deu va sentir Hèctor passejant pel dormitori i pel lavabo. A fora s'havia post el sol, però Marta no havia encès cap llum i romania a les fosques, ajaguda a l'estora, darrere d'una butaca de vímet, en un racó del menjador. Hèctor va encendre un llum de peu i va deixar una safata amb un entrepà i un pot de cervesa damunt la tauleta. Després es va deixar caure damunt del sofà i va fer una passada per tots els canals de televisió, repetidament, insaciablement, sense detenir-se en cap. A Marta li va fer l'efecte que havia compartit llit amb un desconegut, la vida del qual estava feta de retalls.

Al cap d'uns minuts, Hèctor va rebregar el pot i se'n va anar a la cuina a buscar-ne un altre. Marta va aprofitar per incorporar-se i el va esperar dreta, sentint a la gola el trip-trap del cor.

En tornar, Hèctor la va veure palplantada, però no va aparençar cap sorpresa.

–Marta, què fas ací?, no t'he sentit arribar. T'han donat festa?

–Avui hem plegat més d'hora –va contestar ella acre–. I tu, com t'ha anat?

–Oh, bé, he estat treballant fins ara, des de les set i mitja o així. Tot just m'havia pres un descans ara, em fa un poc de mal el cap –li va allargar la cervesa–. En vols un glop, Marteta?

–Si no m'hi obligues m'estimaria més no beure.

Hèctor va esclafir a riure.

–Estàs enfadada per això del dinar, veritat? Collons, Marta, sembla mentida que no em conegues, ja devies estar acostumada, a això. No saps acceptar una broma? Tu has sentit la veu que poses? Vas a muntar-me un numeret, reina?

Marta no va contestar a cap d'aquestes preguntes.

–Com va la tesi, Hèctor?

–Bé. Crec que he de prendre una mica de distància, això és tot, però crec que ja li estic trobant el fil. No és fàcil, no et penses, és un problema de concentració.

–Els arbres no et deixen veure el bosc, no?

–Una cosa així, sí, potser hauria de parar un poc. Què et sembla?

–Potser te n'hauries d'anar alguns dies a Madrid i parlar-ne amb el teu director.

Hèctor la va mirar durament.

–Sí, és possible que ho faça.

–Podries anar-hi en moto.

El jove va somriure, com donant entenent que ara sabia que l'altra sabia, i que li importava un rave el que ella poguera pensar.

–Sí, sí, podria anar-hi en moto, però ho dubte, saps?

Es va arrepapar al sofà i va canviar de canal fins que en va trobar un del seu grat, un programa de xafarderies de futbol.

–Hem de parlar –va insistir Marta.

–Ara em fa mal el cap, després. O demà, millor demà.

La xica va fer esment d'apagar el televisor.

–Ei, però què fas? –la va tallar Hèctor amb ansietat, com si un succés extraordinari haguera cridat la seua atenció.

Marta va mirar a la pantalla i només va veure uns jugadors de futbol disputant un córner.

–Hem de deixar-ho córrer, tu no em vols, i jo no ho puc aguantar més –va sanglotar–: Me'n vaig.

Hèctor es va alçar d'una revolada i va apagar l'aparell.

–Què passa, és que no pots esperar-te ni un segon? sempre m'has d'estar fotent amb la historieta aquesta? –tot d'una es va quedar parat.– Què dius ara d'anar-te'n? M'estàs amenaçant, tia?

Marta va buscar protecció darrere de la taula.

–No t'amenace, Hèctor, simplement no puc més.

–Ja hi tornes? Creus que vaig a pegar-te? Saps què pense? –se li va abraonar i es va parar a pocs centímetres de la seua cara.

Marta va sentir la pudor del seu alè, el tuf d'alcohol regurgitat, com de llet agra, i se li va acudir que era estrany pensar en això en aquell moment.

–Estàs com una cabra. Necessites que et veja algú –va continuar Hèctor percudint-li el front amb el dit.

Marta es va concentrar ara en els ulls d'ell, només en les pupil·les, eren blavíssimes, d'un blau somort. Potser sí que estava boja, al capdavall, va pensar. Com una remor distant li van arribar les últimes paraules d'Hèctor:

–Sóc jo qui me'n vaig. No hi ha qui t'aguante, imbècil.

I després va sentir la porta que es tancava, i un gran silenci, i un gran alleujament.

Com si algú haguera obert una aixeta dins seu es va posar a somicar, i es va maleir per això, perquè ella havia triat estar serena, perquè pensava que ja no li importava, Hèctor. Havia cregut que no seria tan dolorós, que es tractava d'un mer tràmit, posar punt i final a una relació que ja no existia sinó per fer-li mal.

Marta tractava de girar full, però no li estava resultant fàcil. Es va posar una camisa de dormir, però no va poder aclucar l'ull, no parava de pegar voltes en el llit, de pegar-li voltes a la seua vida. Havia de prendre una resolució, l'havia presa de fet, només necessitava el coratge de dur-la endavant. En la columna de l'haver encara pesava com una llosa l'estima que havia invertit en Hèctor.

Es va alçar i va agafar una caixa de cartó gran per empaquetar les pertinences del xicot, com es faria amb la roba d'un apestat, per allunyar-les de la seua vida, per no veure-les més. Llavors, en agafar els llibres, va caure la caixa de disquets i es va obrir. No n'hi havia cap, de disquet, en l'interior. Marta va abocar el contingut damunt la taula i es va quedar bocabadada; pel cap baix, hi havia deu documents d'identitat, tots amb la foto d'Hèctor, amb noms diferents. Els va estar examinant d'un en un, però els noms no li deien res.

Hi havia també algunes instantànies, tres d'una dona jove, de poc més de vint anys si fa no fa: en una estava molt riallera i es tapava la cara amb les mans, fingint que no volia eixir a la foto; en la segona s'hi veia una pineda i la xica corria amb els braços desplegats, com si estiguera fent l'avionet; en la tercera (un pèl torta, prou es notava que s'havia fet amb un disparador automàtic) estava asseguda sobre les cames d'Hèctor i vestia uns pantalons vaquers i un jersei blanc ornat amb una sanefa de carrancs verds. Marta es va fixar en la seua expressió; li va agradar el seu somriure franc. Com més la mirava, més familiar li resultava, com si la coneguera de tota la vida.

En l'última foto va poder identificar Hèctor en un adolescent d'uns catorze anys; estava enmig d'un home i d'una dona, davant d'un tractor, sobre una escenografia d'oliveres. L'home, per la semblança i per la manera com l'agafava, podia ser el seu pare. En tot cas no tenia l'aire d'un director general de la FORD, amb aquell barret de palla; ni la dona, vestida amb una roba humil, semblava la dama que ell li havia fet creure. Es va fixar en la seua cara; tenia l'expressió esquerpa del fill, i els mateixos ulls clars i apàtics.

D'aquesta manera se li ensorrava un altre fonament d'Hèctor, però tampoc ara li va resultar estrany. Ací tenia una altra peça d'un trencaclosques diferent, però almenys aquest sí que semblava real. Li van venir a la memòria algunes escenes que no casaven amb aquest nou jeroglífic, com si hagueren estat grinyolant tothora dins del seu cervell i afloraren a la primera ocasió. Va recordar aquell encontre amb el turista al port i la conversa estrambòtica d'Hèctor, farcida de tòpics d'un anglès primari, i la reacció desmesurada quan Vicent Jordà li havia preguntat on havia viscut a Londres. La raó li va dictar que potser és que no en sabia, d'anglès, que potser no havia viscut mai a Londres.

Marta va sentir de sobte una buidor quasi física, com si li hagueren arrancat les tripes; era molt estrany haver conviscut amb algú de qui no sabia res i que, no obstant això, era el pare del seu fill. No era absurd, per tant, que buscara un perquè en aquelles fotos, que n'examinara cada detall, tractant de descobrir alguna cosa que li revelara els contorns del fantasma que havia compartit durant més de mig any la seua vida i que justificara d'alguna manera el seu amor. Va ser així com va veure l'anell de plata en la mà d'aquella xica; era seu, òbviament, s'ajustava al seu dit anular.

Tot d'una li van venir al cap altres peces que grinyolaven, la història absurda de les tres generacions unides que li havia encolomat Hèctor, i va recordar també les incials de l'anell: I. F., i la data: 3 de juny del 74, que ja no devien significar el seu naixement ni el nom de l'àvia Isadora. Tot s'esborrava, com una maleïda foto sense fixador.

A Marta li va fer l'efecte de no entendre un borrall. Quina mena d'individu era, Hèctor? Per què l'havia enganyada? Què pretenia? Havia viscut a costa seua durant molts mesos, l'havia explotada, però això li resultava insuficient per a explicar les humiliacions a què l'havia sotmesa. Què n'havia tret ell, al capdavall? Marta no podria trobar mai la resposta a això perquè el seu cap era incapaç de concebre tanta maldat, perquè ningú pot imaginar allò que desconeix.

En canvi començava a entendre que hi ha coses que escapen al nostre control, que passen perquè sí, a pesar nostre, com els canvis de l'oratge, i que un ha d'estar preparat per a interpretar els signes d'aquests canvis si no vol veure's sorprès enmig d'una tempesta.

Marta li va pegar mil voltes, a tot això, fins que es va anar adormint. Llavors va somiar la seua casa del Vedat, la part que hi havia darrere, la bassa que el seu pare havia transformat en un areny quan era menuda, perquè hi poguera jugar, i es va veure a ella mateixa corrent entre els arbres. Imperceptiblement, allò deixà de ser sa casa i es va convertir en un espai obert, ple de pins. I després va somniar algú que agafava un arbre, va albirar la seua silueta i es va pensar que era ella mateixa, fins que aquella forma es va girar i es va adonar que duia un jersei blanc i una sanefa de carrancs verds, que aquella cara no tenia trets. I a la fi va somniar la rialla d'Hèctor i va escoltar les seues paraules que li deien que tenia el cos deformat, que no valia res.

Gradualment es va anar despertant, va ser conscient que es despertava, però continuava escoltant la rialla xisclaire d'Hèctor i això la va confondre. De sobte, en la penombra (la persiana amb prou feines deixava passar un poc de llum), va escoltar un xiuxiueig, com si reclamaren silenci, i aleshores algú va entropessar contra la tauleta i es van sentir més riallades. Marta va encendre el llum.

Hèctor recolzava el braç dret en el bescoll d'una dona; tenia el cos arquejat cap a aqueix costat; de fet tot ell descansava en la dona; feia l'efecte d'un titella rebregat. En l'altra mà duia una botella amb un culet de ginebra; en poques paraules, estava pletòricament borratxo. La dona, potser era per la perruca o perquè anava maquillada en excés, tenia una edat indefinida, i a pesar de la borratxera es va captenir amb un cert pudor. El posat de Marta, la vulnerabilitat que emanava, l'havia impressionada; es va sentir indigna, com si haguera trepitjat el terra d'un santuari.

Marta, en el seu racó, es va refregar els ulls, no acabava de fiar-se de la visió que transmetien.

–Ei, mira quin regal t'he dut? –va sentir.

El sopor no li va inspirar sinó una pregunta òbvia que va lamentar de seguida.

–Hèctor, ets tu?

El xicot va fer un desplaçament titubejant i va parlar

a la seua acompanyant des de la distància, a crits, com si duguera uns auriculars posats.

–Què t'he dit, eh? És tal com te l'havia descrita o no?

Tot seguit, sense cap transició, la seua veu va sonar estranyament baixa:

–Marta és una tia molt maca, Vanessa, de segur que t'agradarà... Et diuen així, Vanessa?

–Jenny –va contestar l'al·ludida.

–Això és –va fer uns gestos amplis amb la mà–. Vinga, vine, Marta, vaig a presentar-te Vanessa, és una puta de primera, l'he portada perquè siga la teua professora particular, perquè t'ensenye algunes coses, eh?

Marta no va ser conscient que serrava les dents fins que va notar un dolor intens a la mandíbula; va romandre asseguda, com si l'hagueren clavada a la cadira, sense perdre de vista Hèctor, amb la fascinació i el terror amb què algú contemplaria la cobra que és a punt de picar-li.

–Bé, potser és millor que me'n vaja –va dir Jenny–, no m'agraden els mal rotllos de parella.

Hèctor li va eixir al davant i la va aturar.

–Ei, on vas? No t'ho prengues tan a la valenta. És un poc desobedient, però no n'has de fer cas, no té res a veure amb tu –mentre deia això es va acostar devers Marta, la va agafar dels cabells i li va parlar en veu baixa, com en un apart– Però qui t'has pensat que ets per a insultar les meues amigues? Creus que ets millor que ella?

–Deixa'm, per favor, jo no he dit res –va implorar Marta.

–Veus, no t'ho he dit, Vanessa? «Per favor!», què t'ha paregut? És una tia amb classe. Hauries de veure la mare, ella també diu «per favor», «disculpa» i «no caldria sinó» amb la boca petita, i amb els ulls no para d'insinuar-se i de fer la porca. Em pregunte quantes banyes li ha posat, al bo d'Esteve? Eh, què em dius, Marta? Tu què creus, quants cambrers del club es deu haver passat per l'entrecuix?

Després es va dirigir a Jenny, com per fer-li una confidència:

–Té una pinta de bardaix que no se l'acaba, son pare. Saps que se'm va insinuar un dia? Bé, no a la clara, és massa refinat, ell, però això es nota. Si haguera volgut m'hauria fet tota la família, fins i tot el gos. Crec que m'hauria fet més gust el gos –va cridar Hèctor a plens pulmons.

Tenia Marta agafada encara dels cabells, agenollada al terra, amb el coll torçat al límit cap arrere, però la xica sentia més la humiliació que el dolor.

Tot d'una, Marta va notar una sacsejada fortíssima a l'esquena i la seua camisa de dormir es va estripar de dalt a baix. Era com si l'hagueren esqueixada de viu en viu. Instintivament, va fer un salt endavant i va relliscar, Hèctor l'havia feta relliscar, més ben dit, i d'una estrebada li va pegar la volta. Es va adonar que la taula de cavallets havia saltat, ella l'havia agafada d'una pota i l'havia feta saltar: va notar el colp al canell, com si li arrancaren el braç, i després un gran estrèpit vora mateix del seu cap. Fins ara la lluita s'havia esdevingut en silenci, només se sentien els colps lligats amb algun lament ofegat. I de sobte Marta es va posar a xisclar, va retrobar la veu tot d'una, i ella mateixa es va espaordir del seu crit; li va fer l'efecte d'un porc a l'escorxador.

–Ei, tio! Tio, tio, tio, tio!!!

Jenny tremolava de cap a peus, havia agafat Hèctor de la mànega i l'estava arrossegant cap arrere.

–Però què fas, bagassa?

–Ei, tio, tio, deixa-la, d'acord? Fes-t'ho amb mi, d'acord? Deixa-la, ei, tio?

Hèctor va esclafir a riure.

–Però què et passa tant de tio, t'has fotut un cabàs de tramussos o què?

Després es va fixar en Marta, la tenia als seus peus, cama ací cama allà, amb la camisa de dormir rebregada. Va pujar els dits per damunt de la seua cama, tot imitant un homenet que camina i el soroll d'unes passes. Marta només podia veure els seus ulls blaus i apàtics, ni tan sols va ser conscient d'un gemec que s'escapava de la seua boca i que a Jenny li va fer l'efecte d'una ranera.

Llavors, a l'altura de les calces, Hèctor va suspendre el moviment i va fer un udol lleu, com si imitara l'ensurt d'un fantasma, d'una criatura fent de fantasma, més ben dit, però suficient perquè a les dues dones se'ls glaçaren les sangs.

–Mira-la, Vanessa –Hèctor havia abaixat la veu i parlava ara amb el desapassionament d'un cirurgià que disseca un cadàver–, a tu què et sembla? No posaria calent ni una mona, no?

Tot d'una va sonar el telèfon i Jenny i Marta van fer un salt. Hèctor es va asseure al costat de l'aparell, va fer cruixir els dits i, només llavors, va contestar, com un administratiu diligent.

–Què em diu ara, les sis? Sí, sí, ja sé, estic... –va tapar l'auricular amb la mà i va informar a les dones: «és el veí, està rabiós, que no pot dormir, diu»– Deuen ser els de dalt –va continuar–, els xavals aquests del tercer, crec que tenien una festa o no sé què –pausa– Jo també n'estic fart, sí. Hauríem de fer alguna cosa sobre això, té raó –pausa–. I tant, és clar que sí.

Hèctor va fer una ganyota cínica i, amb un mig somriure, va penjar l'auricular.

–Em fa l'efecte que no s'ho ha empassat –va dir.

–Estàs boig, tio, me'n vaig –va replicar Jenny mentre s'alçava d'un bot; el seu to transmetia una gran repugnància.

–Ei, calma, encara no hem acabat tu i jo, t'has de guanyar el sou –Hèctor li va indicar el terra i, tot impetuós, va començar a llevar-se la roba–. Sí, deu ser això, deu ser que estic un poc boig –de sobte es va fixar en Marta i li va somriure amb fervor, diríeu que amb afecte i tot, però vés a saber: qui pot posar-se en la pell d'un individu així?–. Pobra Marteta, no has de tenir por, bonica –va afegir–, açò no té gens d'importància, jo t'estime, ja ho saps, el nostre amor és etern –amb una veu que tant podia significar que se n'estava burlant com que no.

Marta va fer esment d'anar-se'n i Hèctor la va retenir amb un gest amenaçador, tot just una insinuació que l'altra va acatar sense badar boca. Després es va desfer de les bragues de Jenny d'una revolada i va estar exhibint-se davant de totes dues, dient impudícies a tort i a dret.

–No deixes de mirar, Marta, a veure si ets capaç d'aprendre'n alguna cosa.

Després es va deixar caure damunt la prostituta i va proferir xiscles i esbufecs excessius, provocadorament fingits, amb el contrapunt grotesc dels espasmes i els somics de Marta. Tot plegat semblava la paròdia d'una escena porno, d'una dolenta i refotuda escena porno. Només Jenny va restar en silenci, els seus ulls expressaven una pena indefinida, leal, i quan va coincidir amb la mirada de Marta, aquesta va notar com si una tendresa infinita l'agombolara. Enmig d'aquella tempesta, Marta hi cregué albirar la llum d'un far potent.

En acabat, sense dir ni mitja paraula, Jenny es va vestir. No va tornar a posar els ulls en Marta, com si li fera vergonya, i se'n va anar a correcuita, sense pensar en els seus honoraris, o sense voler-los cobrar. Només desitjava arribar a casa el més aviat possible i prendre una dutxa.

Durant molt de temps (una claror tènue començava a filtrar-se per la finestra), Hèctor i Marta van romandre immòbils. La xica havia deixat de plorar i trobava agradable el contacte de la superfície freda del terra contra el braç colpejat. És difícil expressar els seus pensaments perquè no en tenia de definits. Només alguna sensació li venia al cap, i no massa vívida; es deixava anar simplement, com la víctima d'un camp de concentració que ha arribat al límit de les seues forces, només amb l'ímpetu de la seua decisió anterior.

Després, a poc a poc es va alçar. Tenia ganes de vomitar, però no li quedava res al cos, no havia menjat res en molt de temps, tret d'un parell de cafès, i li van venir unes arcades de bilis.

–On vas? –va preguntar Hèctor.

Sense traure's la camisa de dormir, Marta es va posar unes faldilles i una brusa d'entretemps. Per sota de la faldilla li penjava un parrac, però no se'n va adonar. Mentrestant, recolzat d'esquena al llindar de la porta, Hèctor li anava parlant.

–No creus que n'estàs fent un gra massa?

La jove el va mirar de fit a fit, com si no l'haguera sentit bé. Si haguera tingut humor hauria rigut, si haguera tingut llàgrimes hauria plorat, però ja no li quedava res de tot això.

–No és per a tant... –es va justificar Hèctor, i tot seguit, amb el somriure a la boca, va afegir:– Escolta, no em digues que et posaràs gelosa per una criaturada? Marta... Ei... Vinga, Marteta.

Es va esdevenir una pausa. Mentrestant, la xica havia anat col·locant roba en una bossa, negligentment. No tenia intenció d'endur-se-la tota, només unes poques peces; era com un acte reflex. Hèctor es va situar darrere seu i la va voler abraçar, però Marta es va tibar tota, com si li hagueren aplicat un corrent elèctric.

–No em pots deixar, això seria molt cruel, no creus? –va suplicar ell.

La jove se'n va desfer i va travessar l'habitació a correcuita sense mirar-lo. En arribar a la porta, Hèctor se li va abalançar i la va llançar contra el seu escriptori amb un gran terrabastall. A palpes va obrir un calaix i en va traure una navalla. Després se la va col·locar al coll.

–Tu en tindràs la culpa, si me la clave, tu en tindràs la culpa! –va cridar fora de si.

Instintivament, Marta es va fer enrere i la mà va fregar contra les fotografies i els carnets d'identitat d'Hèctor. Les van veure quasi a l'unison, Marta en primer lloc, i després l'altre, perquè va seguir la direcció dels seus ulls. Després, la mirada dels dos va coincidir, i Marta va saber tot d'una perquè li recordava a algú, aquella xica del jersei blanc; l'havia vista centenars de vegades a la porta dels bars, a les estacions de metro, i fins i tot a la mateixa porta de sa casa.

Era la xica que havia desaparegut temps arrere, la xica que havia aparegut brutalment apallissada i acoltellada al Saler. I va llegir en els ulls blaus i freds d'Hèctor que ara ell també sabia que ho havia descobert.

–Hòstia, no tens ni idea de com t'he estimat –va ser la resposta d'ell.

De sobte va sonar el timbre de la porta, com un sotrac, va ser com el senyal d'eixida, com un despertador per a Marta, que li va recordar que la seua missió era per damunt de tot sobreviure. Va palpar la taula desesperada, i només va trobar un feix de papers que va llançar a Hèctor. Després s'hi va abalançar i li va clavar les ungles, sense parar de cridar, qualsevol frase d'auxili que li passava pel cap.

El timbre no parava de sonar, i algú estava pegant molts colps a la porta, com si la volguera tirar avall. Marta va tractar d'arribar-hi a empentes i redolons, i es va trobar arrossegant-se per terra, en una cursa desesperada.

De sobte va sentir un colp i una cremor intensa al costat dret; no sabia encara que la navalla havia penetrat la seua esquena, havia seccionat teixits i estellat l'os, i que havia afectat una part del pulmó dret, un petit nombre d'alvèols i vasos sanguinis; va notar com una descompressió sobtada. Als ulls hi havia una mena de desconcert, com un per què absolut que exigia una resposta.

Com a conseqüència del forcejament, la fulla s'havia partit contra l'os i va quedar encastada en el seu interior; altrament Hèctor hauria descarregat la seua fúria contra ella una infinitat de vegades. Marta va sentir que algú continuava colpejant la porta amb totes les seues forces; va tractar de cridar però no li eixia la veu. En un intent desesperat va allargar la mà i va tombar una cadira. Es va sorprendre de disposar encara d'aquella força que li venia de ben endins, i es va sorprendre de pensar això ara que estava a punt de morir. Tot seguit va notar que el cap se li elevava involuntàriament, amb una gran violència (tot i que ella ho va percebre com si fóra a càmera lenta), per després estavellar-se contra el terra.

Va sentir com un sotrac, però no va ser conscient que se li partia el nas i que la sang començava a vessar de la cella oberta; estava atuïda. De fet, l'últim que va advertir abans de perdre totalment la consciència era que algú l'arrossegava com si fóra la despulla d'un xai.

Mentrestant, els qui eren a fora encara van sentir algunes corredisses, alguna porta que s'obria i tancava amb un gran estrèpit i un «ja hi vaig, sóc a la cuina» que denotava un cert aclaparament.

Vicent Jordà no s'havia quedat tranquil el dia abans, i havia contactat amb Jofre, que li va donar la nova adreça de les xiques. Havien estat parlant moltes hores a sa casa i s'havien conxorxat per fer una visita a Marta en fer-se de dia, encara que s'hagueren de sentir que eren de més, allí. Passar una mica de vergonya els havia semblat un preu ben minso comparat amb la seua amistat.

En arribar l'endemà al pati havien sentit unes veïnes indignades que parlaven de l'escàndol d'aquella nit. No s'havien parat a preguntar de quina porta es tractava, massa que ho sabien, i havien pujat corrents. Hi havia un veí allà mateix amb un mòbil a la mà.

–Ja tornen a començar. He avisat la policia. Estan tota la nit igual –els va dir.

Havien tocat al timbre i tot seguit havien sentit els crits d'auxili. Carme havia tractat d'obrir amb la seua antiga clau, però no hi havia reeixit: algú havia canviat el pany, de manera que havien descarregat la seua impotència contra la porta, bastonejant-la amb les mans, desesperadament. Havien passat els segons i de l'interior els van arribar sorolls de brega i, a continuació, algunes corredisses i un silenci molt gran.

Finalment, la porta es va obrir i van veure la figura d'Hèctor que els barrava el pas. El seu aspecte era apacible, i es fregava les mans amb un drap.

–Ei, quina sorpresa, les filles pròdigues –va somriure–. Què vol dir tant de soroll? Estava netejant el peix –va aclarir–. Us convidaria a dinar, però...

–I Marta? –el va interrompre Vicent–, volem parlar amb ella.

–És a cals pares, se'n va anar ahir –Tot seguit es va dirigir al veí d'una manera ostensible–. Tenia la tele encesa, espere no haver-lo molestat.

Carme tenia la mirada fixa en el torcamans, estava com hipnotizada, no podia traure la vista d'aquelles taques vermelles sobre el drap groc. De sobte va introduir el cap i va cridar el nom de Marta.

–Ja t'ho he dit, no és a casa, tornarà demà. Li diré que heu vingut. Perdoneu, ara no us puc atendre.

Tot d'una, Hèctor va voler tancar la porta, però Vicent li ho va impedir i, aprofitant el forcejament, Carme es va esmunyir cap a dins. Hèctor va tractar d'impedir-li el pas, però frenar el seu ímpetu era com enfrontar-se a una allau.

Una vegada a l'interior, les xiques es van escampar corrent per les habitacions mentre Vicent entretenia Hèctor.

–Com t'has fet això? –va preguntar; es referia a unes unglades a la galta.

–Què? –la mirada d'Hèctor seguia amb un cert desfici les evolucions de Carme i de Júlia per l'interior del pis– Tinc una... –de sobte va clavar els ulls en Vicent i va somriure, potser perquè li feia gràcia el tòpic que li ballava pel cap o perquè l'excitava amollar una mentida increïble–: M'he tallat en afaitar-me –va dir.

–Que t'afaites amb una corbella? –va replicar l'altre cínic.

–Sí, una cosa així.

Les xiques van tornar amb la desolació dibuixada al rostre.

–No hi és –va anunciar Júlia.

–Ja us ho he dit –va dir Hèctor i, ampul·losament, va despenjar l'auricular–. Voleu parlar amb ella?

Carme va fer esment d'agafar-lo i l'altre, d'improvís, el va estavellar contra el suport.

–Ja n'hi ha prou, no tinc perquè aguantar-ho, aneu-vos-en a fer punyetes.

Marta tractava d'identificar aquella olor penetrant que l'havia espavilada com si haguera ensumat amoníac, una mica com de resclosit. Li impedia respirar a gust, i malgrat això li resultava plaent: li portava a la memòria el temps furtiu de la infantesa.

Va reviure un primer amor dels set anys, de contorns imprecisos ja oblidats, un tal Artur, o Frederic potser. En canvi, enmig d'aquella foscor, va veure com el primer dia la polsera de plàstic que aquell xiquet li havia regalat, del color del vori. Es va veure a ella mateixa pujant per una escala en companyia del nen, hi va reconèixer l'escala de l'escola, tots dos agafats de la mà, o no agafats de la mà, ara se'n recordava més bé, sinó l'un darrere de l'altre, passant al costat de l'estàtua d'una dona, un mig bust, que feia una por terrible, i que segons li aplicaves la claror d'un llumí pareixia que et seguia amb la mirada. I després va percebre la mateixa olor d'abans, com de naftalina o d'humitat, i va escoltar les veus d'uns nens, d'aquell nen i d'aquella nena que xiuxiuejaven furtivament en l'armari dels instruments musicals.

Va rememorar que Artur, aquest era el nom, li havia dit que allí no els trobaria ningú; s'havien amagat en aquella cambra fosca per sentir-se l'un a prop de l'altre (ell li acabava de donar la polsera del color del vori); després algú els havia tancat, o la porta s'havia encallat, vés a saber. Va recordar que havia passat molta angoixa perquè es pensava que anava a morir, i li va venir a la ment la veu d'Artur dient-li que havia de picar fort a la porta.

Va tractar d'alçar un braç per picar fort, però li rodava el cap, i ho va deixar estar; la cara i el costat li feien un mal horrible i li van arrancar una queixa; no podia respirar bé i encara menys cridar. D'altra banda tenia tantíssimes ganes de dormir...

Va ser el veí qui va escoltar un gemec, alguna cosa que encara no sabia que era un gemec i que li va fer tombar el cap, com qui maquinalment reacciona en sentir cruixir un moble en el silenci de la nit. Però per a Carme allò no va passar desapercebut, va seguir la direcció de la seua mirada i d'aquesta manera va reparar en l'armari de l'entrada i s'hi va abalançar.

En veure-la, Marta la va confondre amb la professora que els havia rescatat del seu captiveri anys enrere, per això va posar cara d'espantada, perquè pensava que l'anaven a renyar. Va buscar alguna disculpa, però no li eixien les paraules i es va posar nerviosa. Aquell rostre, que va confondre amb el de l'estàtua, li deia que estiguera tranquil·la, que tot s'havia acabat. Què era aquest tot que s'havia acabat?, es va preguntar. No ho sabia, però li va agradar el to vellutat d'aquella veu que l'agombolava. Llavors va perdre el coneixement.

EN QUÈ ES PAREIX? (A TALL D'EPÍLEG)

Set mesos més tard Jofre conduïa el seu Clio com un esperitat per l'autopista, a l'altura del Puig. La seua immensitat física s'encabia amb prou feines en aquell receptacle com una sardina enllaunada. Lleugerament inclinat cap al quadre de llums i amb la mirada fixa en l'asfalt, hom diria que anava a perpretar alguna malifeta: feia cara de velocitat.

A fora plovia a bots i barrals, i tot d'una el cotxe de davant va encendre els llums vermells. Jofre va clavar el fre amb un ímpetu tal que semblava que volia travessar el pis i parar amb el peu. El cotxe va patinar uns metres i es va inclinar vora seixanta graus; va venir d'un pèl que no s'estavellara contra la mitjana de la carretera.

–De Sagunt havies de ser, animal –el va reptar Carme– encara ens mataràs a tots.

–Per què no l'agafes tu, reina? A veure com t'ho fas! –va exclamar Jofre engegant el motor de nou.

–Vols posar-te tu a comptar contraccions?

–Tinc el vidre entelat, punyeta, no hi veig res. És imprescindible que respireu tan fort? –va girar el seu immens cap cap arrere– Perdona, Marta, és que estic un poc nerviós.

–No t'amoïnes, Jofre, jo també ho estic.

–Voleu que us conte alguna història de terror per passar el temps?

–No –van replicar Júlia i Carme a l'uníson.

Es trobaven enmig d'un embús formidable i el part de Marta s'havia avançat un parell de setmanes. Júlia, que es trobava als seus peus, la va amonestar amb un mig somriure.

–Marteta, no te n'estàs de res, filla: acabes de trencar aigües.

–Què vols que faça?

–Ella ha de cridar l'atenció d'alguna manera –va saltar Carme–, sempre ens ha de fer córrer.

–La tapisseria! –es va desesperar Jofre– Tapeu-la amb alguna cosa –i els va allargar un drap brut de greix.

–Tens la sensibilitat a cabassos, per què no em dónes també una palanca de ferro?

Jofre va remugar i va fer esment d'eixir del cotxe; tenia el cap a carrerons, aquest és el cas.

–Però on dimonis vas, trompellot? –es va sorprendre Carme.

–No la tinc al nas, la maleïda palanca de ferro, saps?, és a la caixa de ferramentes.

–Perdoneu, xiquets –els va interrompre Marta–, però em sembla que no puc aguantar-lo.

–Què és el que no pots aguantar? –va preguntar Jofre ingenu. Carme va posar els ulls en blanc i l'altre va comprendre de seguida.– T'ho prohibesc –va cridar–. No espentes, em sents?, xupla cap a dins. Així! –va fer un demostració de com havia de fer-ho, com la ganyota d'un peix fora de l'aigua. Llavors Marta va fer un crit.– Merda, encara em fotràs la tapisseria!

–Quina culpa tinc jo?

–Per què no avances per la dreta? –va suggerir Júlia– Açò és una emergència.

–Perquè no hi ha dreta –va protestar Jofre colpejant repetidament el volant.

En efecte, es trobaven a l'altura d'un carril d'incorporació a l'autopista i la cuneta patia també un embús colossal.

Marta es va tornar a queixar i els seus companys es van començar a preocupar de debò. Van tirar els seients cap endavant, de manera que Jofre es va recolzar contra el vidre; amb els braços i les cames escampats en escorços insòlits tenia tot l'aspecte d'un mosquit encastat.

–Em fa mal –va afegir Marta.

–A mi també –va grunyir Jofre.

–Aguanta un poc.

–Què creus que estic fent?

–Tu no, idiota.

–Escolteu, hauríem de fer alguna cosa. Em fa l'efecte que ja el tenim ací; note una cosa dura –va anunciar Júlia.

–Santa Maria, Mare de Déu... –va pregar Jofre.

–Per què no fas una cosa útil? –el va renyar Carme–. Ix i busca un metge. O si no un taxista, ells saben d'aquestes coses.

–Sí, treballen de comares a estones perdudes, ara sí que m'has... I per què no vas tu?

Després de desencaixar-se, Jofre va eixir corrents i el van veure vinga el botet, tractant d'evitar tolls i preguntant a tort i a dret; semblava un bruixot efectuant una dansa propiciatòria; en un altre context els hauria fet rebentar de riure. Al cap de poc el van veure reaparèixer arraulit i banyat de cap a peus. Va entrar al cotxe i, després de recuperar l'alè, els va dir:

–Tinc localitzat un camioner de Còrdova d'una cinquantena d'anys, mig calb..., no sé, m'ha semblat una bona persona, diu que una vegada va presenciar el part d'una vaca. Us apanya?

Les xiques, mentrestant, havien tocat a la ginecòloga de Marta amb el mòbil i aquesta els havia donat algunes indicacions. Havien aconseguit que la criatura traguera el cap, però s'havia encallat i no acabava d'eixir.

–Diu que t'hi poses tu, que mires d'arrossegar-lo un poc dels muscles–va dir Carme a Jofre,

–Jo? Per què jo? –es va espantar.

–Perquè ets més fort que nosaltres, ninot.

Jofre va fer esment d'eixir de nou a la carretera:

–Vaig a pel camioner cordovès; sembla gran però està bregat, ja veuràs...

–Per favor –va suplicar Marta.

–Jo és que açò... –es va disculpar– No sé...

–T'han dit que l'arrossegues, no que li faces una cesària –el va animar Carme.

–I si té la dallonses, com es diu?, la corda aquesta lligada al coll?

–Tot anirà bé –va assegurar Marta.

Tenia la convicció que tot aniria bé, que si aquella criatura havia superat tants obstacles quan ella havia estat a punt de morir, i quan després havia decidit tenir-lo, bé es mereixia una oportunitat.

Per sort Hèctor havia desaparegut de la seua vida, la policia l'havia detingut quan tractava d'escapar-se de casa aquell dia nefast i l'havien condemnat per assassinat, el d'Isabel Forteza, aquella pobra xica de 22 anys, i per l'intent de matar-la a ella també. Tenien proves de sobres per a inculpar-lo: l'anell, la mateixa navalla que li havia clavat a ella i que coincidia amb les ferides d'aquella xica, i les seues fotos a la pineda i amb la roba que duia el dia que va morir.

Marta faria tot el possible perquè el seu fill cresquera lluny de la influència d'aquest bèstia, tenia temps per refer la seua vida. No se sentia desgraciada; havia patit més del que pot suportar una persona i això l'havia feta forta, i per damunt de tot tenia amics que li havien mostrat una estima generosa i no l'havien abandonada; en certa manera, ella havia tingut sort.

–Vinga, empeny ara –va cridar Júlia– és el moment.

Marta va empènyer amb totes les seues forces, i va tractar de concentrar-se en donar la vida a aquella criatura. Va sentir com si li arrancaren les entranyes i després va notar un gran alleujament.

A vegades havia tingut dubtes durant l'embaràs de com seria aquest fill, de si heretaria els ulls freds i apàtics d'Hèctor. Això no ho podia saber, però sí que sabia que creixeria entre amics, gent que valorava la vida per damunt de tot, i d'això ella sí que n'era responsable.

De sobte, un crit la va traure d'aquests somiejos. Va obrir els ulls i va veure una criatura sangonosa a les mans d'un Jofre que somreia d'orella a orella.

–A veure si sabeu en què es pareix un xiquet acabat de nàixer i el cul d'una mona? –va preguntar.

Tothom va esclatar a riure. A fora continuava plovent a bots i barrals, però en l'interior d'aquell habitacle minúscul es respirava la mateixa pau que a l'ull de l'huracà.

LA MÀSCARA DE L'AMOR
Vicente Garrido

AGRAÏMENTS

Vull agrair l'ajuda inestimable prestada per Inmaculada Aroca i Fran García, en forma de valuosos comentaris i suggeriments.

I a l'estupenda futura filòloga María Carbonell Medina, per la seua col·laboració entusiasta en aquest projecte.

UNES PARAULES A LES XIQUES...

L'emocionant novel·la de Pasqual Alapont pot semblar un cas extrem, però els reportatges de la premsa diària sobre violència contra les dones estan plens d'aquests extrems i, malauradament, hi ha una realitat oculta plena de situacions inimaginables que mai no arribem a conèixer.

D'acord, a la novel·la hi ha un cas vertaderament esborronador: un jove psicòpata que assassina xiques a qui prèviament ha conquistat i dominat. Però abans que et digues a tu mateixa que «això no em pot passar a mi», deixa que et diga que molts dels comportaments, de les reaccions tant d'Hèctor com de Marta són molt habituals en els casos de violència de gènere, i en aquest sentit sí que reflecteixen una realitat quotidiana, *fets que succeeixen cada dia en molts llocs a molta gent.*

Oblida't si vols de l'aspecte més dramàtic –en el sentit de «més literari»– de la història, el fet que es tracta d'un jove assassí de xiques; queda't amb l'assumpte principal, que és tot el procés de seducció de Marta i com la seua vida va girant de manera ascendent en una òrbita de misèria, de pèrdua del control de la vida i d'autodestrucció. Aquesta és la part rellevant, el que et propose que discutim ací, en primer lloc, perquè comprengues per què i com succeeixen aquestes coses, i en segon, perquè sigues capaç de prevenir una relació d'aquesta naturalesa. Que no et pot passar a tu? Les estadístiques diuen que a l'Estat espanyol, tots els anys, quasi 30.000 dones –pobres i riques, cultes i ignorants– denuncien maltractaments, i que probablement al voltant de mig milió pateixen anualment vexacions físiques o psíquiques. Entre 50 i 70 dones són assassinades per homes dels quals van ser parella.

El que jo et propose és que, de la mateixa manera que ets conscient de determinats perills i tractes d'evitar-los –no passejar sola per llocs foscos i insegurs, no anar-te'n amb desconeguts a llocs on tens escassa protecció–, tens també la responsabilitat, en la mesura que es puga, de no implicar-te en relacions que, com a mínim, et faran patir, i que podrien causar-te uns danys físics o psicològics que no tens per què suportar.

En resum, et propose en aquestes pàgines dues coses. Primerament, ajudar-te a comprendre la novel·la; encara que siga difícil d'acceptar, res del que succeeix a *L'infern de Marta* és aliè a la realitat quotidiana –incloent-hi l'assassinat–, i pot explicar-se acudint a la psicologia i a la criminologia. I en segon lloc, et convide que comprengues i practiques els elements essencials de la prevenció d'aquest tipus de relacions agressives. Ja sé que no és fàcil fer una dissecció de l'amor com si fóra un objecte davall d'un microscopi, i que la raó és manté sovint al marge d'aquest sentiment tan profund. Però això no significa que no hi pugues fer res, que hages de resignar-te que l'atzar et depare la sort d'entropessar amb parelles «normals». *Perquè sí que hi pots fer coses,* com ara assumir una sèrie de principis o regles, i conéixer una sèrie de fets i conductes que poden ajudar-te a trencar una re lació en el moment que comprengues que el xic viola aquests principis, i aprendre els indicadors essencials que la investigació relaciona amb una personalitat violenta.

... i als xics

I què pinten els xics en tot això? En realitat, molt. És molt important que els xics participeu en les discussions d'aquest fenomen –la violència contra la dona– perquè potser desconeixeu coses importants per a establir una relació respectuosa amb una xica, i potser en el futur tindreu dificultats que us acostaran a la violència. No has d'escandalitzar-te pel que dic. D'algun lloc ixen els agressors; i els que ara ho són han estat, com tu, a les aules d'un centre escolar, i potser no fa molt de temps.

D'altra banda, és important que col·labores a difondre unes idees generals i concloents sobre la manera de tractar una xica, i això s'aconsegueix contribuint al debat i a la reflexió als centres d'ensenyament, però també al carrer. Potser tu pots ajudar a un amic que «perd els nervis» i tracta malament la *seua* xica, i en aquesta tasca és important que tingues les actituds i els arguments necessaris per a fer-ho.

Us propose ara, xics i xiques, que entrem en els amagatalls d'aquest *infern,* amb el doble objectiu de *comprendre* i *preveure.* He escrit per a vosaltres les explicacions més essencials tot plantejant una sèrie de qüestions atractives. Seguiu-me per a veure què és el que hi ha darrere de la *màscara de l'amor*.

LA VIOLÈNCIA CONTRA LA DONA. LES PREGUNTES I LES RESPOSTES

Qui són els agressors de dones?

Els agressors de dones poden ser subjectes molt diferents, però ací ens interessen els que maltracten les xiques amb què tenen o han tingut en el passat una relació amorosa que volen continuar, i forcen la situació per a tornar a ocupar el lloc que tenien; és a dir, tractarem en aquestes pàgines la figura de *l'home maltractador* de dones.

La primera idea important és que aquestes persones no estimen de veritat les seues parelles, no saben estimar, o no poden –això és difícil de saber. El seu món és el món de les seues necessitats, d'allò que volen aconseguir. Són persones *essencialment egocèntriques* (és a dir, que anteposen el seu punt de vista a qualsevol altra cosa), i les necessitats de l'altra persona són, en el fons, irrellevants.

En la novel·la, aquest fet apareix ben reflectit en l'episodi de l'obsequi de les flors. Recorda: quan ell li envia les roses blanques poc després de conèixer-se; després d'una estona li telefona per a saber si les havia rebudes. La conversa que segueix mostra que Hèctor no para atenció a les necessitats de Marta. Ella vol conduir la conversa envers la inoportunitat de l'obsequi, que troba excessiu, precipitat –atesa la relació d'unes poques hores– del compromís que ell vol forçar, però ell continua el seu propòsit i no s'adona del que ella necessita ara: temps per a poder assimilar la pèrdua de Marcel i comprensió per a poder-se veure sota una llum de més seguretat personal.

Quan acaba l'escena, Hèctor ha reaccionat, ha adaptat el seu comportament al que en aquell moment sembla més adequat per a aconseguir l'objectiu que es proposa, però de cap manera ha sigut sensible a l'estat emocional de Marta:

> –Amb Jofre i les teues amigues, és clar, anar al cine i tot això. Res de parella, a mi no m'agraden tampoc aquests rotllos. De fet jo també estic intentant oblidar una mala història, t'entenc molt bé, pense com tu sobre això. És només que..., només faig que pegar-li voltes..., ens ho vam passar tan bé..., m'agradaria que fórem amics, només amics. (pàgs. 29-30)

Hi ha dos tipus bàsics d'agressors. Els més comuns són els *dependents*: tenen un ego profundament insegur que els converteix en éssers molt susceptibles, solen ser persones inadequades en les relacions i en el treball, abusen sovint de l'alcohol, amb atacs de gelosia exagerats... El terme «dependent» reflecteix, paradoxalment, que el seu autoconcepte (el que un pensa d'ell mateix) està basat en la idea de dominar la parella. Tenen pensaments com: «Almenys sóc capaç de sentir-me important si la meua dona (o núvia) fa el que jo vull, si jo no tolere res que no siguen les meues regles».

Els agressors dependents són els que se suïciden després de matar les seues parelles; així que posen fi a la vida de la seua possessió, la seua identitat s'esborra perquè ja no hi ha la persona que els donava sentit (que els feia sentir-se homes): la seua víctima. No és un acte de penediment, sinó d'impotència.

Alguns agressors d'aquest tipus solen ser també violents amb altres persones, però no és habitual. Tanmateix, és més freqüent que el segon tipus d'agressor –*el maltractador psicòpata*– siga un subjecte buscabregues, més procliu a causar un dany sàdic i a fer-ho amb més plaer.

El psicòpata tampoc no estima la seua parella, però la domina perquè la seua ànsia fonamental, la seua motivació bàsica és el control de tot el que està en el seu ambient. No és com el dependent, que només és creu home perquè maltracta la seua xica o els seus fills; el psicòpata no manté cap relació afectiva amb ningú, i la seua raó per a eixir amb una xica és controlar-la, subjugar-la, bé per a aprofitar-se'n, bé per a sentir l'excitació de la violència del control sobre ella. Açò és el que es mostra al paràgraf de la novel·la reproduit anteriorment.

Una característica molt típica dels agressors en general, però que està més marcada en els psicòpates, és la manipulació: les mentides, els estratagemes i l'engany. Tota la conversa telefònica entre Hèctor i Marta a propòsit del ram de roses blanques que ell li envia només unes hores després de conèixer-se (pàgines 27-28) és un exemple clar de manipulació. Marta es mostra sorpresa i molesta, perquè no esperava una declaració d'amor tan sobtada i, clarament, «sense venir al cas», ja que a penes es coneixen. Però Hèctor observa aquesta incertesa en Marta, i per no perdre allò que ha guanyat adopta una postura menys exigent, i conclou que ell tampoc no vol una relació seriosa, sinó tan sols una amistat.

Els psicòpates tenen menys capacitat de sentir ansietat; fins i tot quan parlen o actuen de manera antisocial en llocs públics no es posen nerviosos, no els batega acceleradament el cor, no respiren amb dificultat... Això és el que permet que actuen amb «molta sang freda», com se sol dir. Fixa't en el que diu Hèctor a Marta, a propòsit de la notícia en la premsa de la xica assassinada:

> –El pitjor de tot és que qui ha sigut capaç de fer això no ho deu dur escrit a la cara –va elucubrar Hèctor–. Podria ser qualsevol, no? (pàg. 33)

En ocasions hi ha mentides, simples estratagemes ordits per fer creïble la seua història en el pla de dominació de la seua víctima. De segur que et resultarà fàcil assenyalar-ne algunes que apareixen en el text: els seus estudis a la Universitat, la relació amb el pare...

També és molt típic d'un agressor psicòpata fingir un gran encant exterior, parèixer molt agradable (recorda quantes vegades en televisió un veí explica un fet tràgic del qual diu «em resulta increïble que aquesta persona haja pogut fer tal cosa»). Tota l'escena del dinar al Vedat amb els pares de Marta il·lustra bé aquesta característica (pàgs. 60-62).

Aquest encant serveix també per a facilitar el procés d'oblidar els «mals moments»; és a dir, un agressor amb experiència fa servir la seua capacitat de fingir que estima la xica per a demostrar-li que també sap ser un «tipus fantàstic». Alapont descriu així Hèctor:

> Era l'Hèctor dels millors moments, afable, despreocupat, i la va fer riure. Com sempre que li mostrava aquesta cara, Marta va oblidar tots els turments del passat, era com un nàufrag que arriba finalment a terra: se sentia molt afortunada d'estar amb ell. (pàg. 82)

Un agressor dependent subjuga la dona i moltes vegades els fills; per tal de dominar-la, pot portar una vida «normal» en molts sentits. Un agressor psicòpata, a més, exigeix que tot es faça com ell vol, i per a això s'erigeix com a líder i força normes que li convenen. Tot i que és cert que hi ha psicòpates que treballen molt, que han aprofitat el poder de la formació i de la intel·ligència que posseeixen, és potser més habitual el paràsit, el que, increïblement, viu a costa dels altres, tant si se n'adonen les seues víctimes com si no. Fixa't en aquesta part de la novel·la: quan es fica a casa de Marta i les amigues, imposa les regles i després es desvincula de tots els acords... (pàgs. 67 i següents) i introdueix un ambient irrespirable (pàgs. 69 i següents).

Són els agressors uns «malalts»,
o són plenament conscients dels seus actes?

Alguns agressors estan intel·lectualment limitats per anys d'abús de l'alcohol o de les drogues, però generalment els seus actes violents han precedit o han coexistit amb aquest consum, de manera que difícilment podem designar la beguda com l'origen del maltractament. Una altra qüestió és que –sobretot– l'alcohol incrementa la desinhibició, la pèrdua de l'autocontrol, i això facilita l'inici de l'agressió. Però pensa en els milions de persones que beuen i no peguen a les seues dones: l'agressor empra l'alcohol per a encoratjar-se i pegar, i després per a oblidar els remordiments que puga sentir, culpa que per descomptat no experimenta l'agressor psicòpata a causa de les seues emocions superficials, de la seua incapacitat per a estimar ningú.

Es pot reconèixer aquesta manca d'ànima, de sentiments reals que caracteritza un psicòpata? És un mite que la cara o els ulls de la gent en reflecteixen la personalitat, però per alguna raó la literatura s'ha fixat àmpliament en els «ulls del psicòpata». Ara bé, en el text següent:

> Hèctor es va alçar i va fer esment d'anar-se'n, però va trontollar i un got buit va caure damunt la taula i va rodar sobre si mateix amb una lentitud quasi irreal. A Marta li va semblar que el món es detenia quan ell la va rodejar amb els braços i la va besar; va ser un bes estrany, tots dos amb els ulls oberts, mirant-se de fit a fit. Marta no podia apartar la vista d'aquells ulls blaus que semblaven hipnotitzar-la; de sobte va sentir una esgarrifança: hi havia apatia, en aquella mirada, una fredor que contrastava amb la vehemència de les seues paraules, i es va pensar que això era la passió, una mena de frenesí irracional; no havia sentit mai això, de fet ningú l'havia estimada mai d'aquesta manera. (pàg. 35)

l'autor de la novel·la destaca una mirada en l'agressor que, encara que és «hipnòtica», *no revela amor sinó apatia*; és a dir, manca d'emoció vertadera. L'important ací no és si això és efectivament possible (el fet que puguem detectar els sentiments reals dins d'una conducta que significa el contrari), sinó il·lustrar que un psicòpata pot saber fer i dir coses que manifesten amor o uns altres sentiments profunds, *però en veritat no els pot sentir.*

Igualment, moltes persones pensen que els que cometen un assassinat gratuït, sense sentit (és a dir, sense que hi apareguen motius com la venjança o els diners), són agressors greument pertorbats. Així, el diàleg següent entre Hèctor i Carme:

> –Qui pot ser capaç de fer una cosa així? –va dir a tall de conclusió i deixant anar el retall damunt la taula–. Em regira les entranyes.
>
> –S'ha d'estar com una cabra –va argumentar Carme acostant-se i repenjant-se sobre la taula.
>
> El fet de pensar en un acte boig li donava tranquil·litat, explicava una acció despietada que, altrament, no tindria cap explicació i seria massa inquietant. (pàg. 33)

Però en realitat aquestes persones planegen els actes i són conscients dels passos que fan en l'execució. Encara que és un tema controvertit en certs casos, hem de concloure que els agressors de dones –siguen dependents o psicòpates– no estan malalts; al contrari, s'esforcen a *emmalaltir* les seues parelles.

Aquesta «normalitat» de l'agressor dóna fonament a la protesta de Carme quan ixen de veure la pel·lícula *Scream:*

> La majoria dels psicòpates no són tan espectaculars, però poden arribar a ser molt més temibles, fins i tot poden assassinar. Només cal llegir els diaris. (pàg. 32)

És possible canviar per amor un xic que tracta malament la parella?

No, no ho és, perquè la personalitat, el «disc dur» de l'ésser humà, és molt difícil de modificar. Aquesta és la raó per la qual la felicitat –siga el que siga aquesta– solament és possible quan hi ha una coincidència essencial entre les personalitats de la parella.

Fixa't en el gràfic. En el meu llibre *Amores que matan. Acoso y violencia contra las mujeres,* vaig presentar la teoria dels «cercles concèntrics de l'amor». En essència, aquesta teoria presenta la personalitat formada per tres cercles: el més intern –el nucli– comprèn *els principis, els valors essencials* que defineixen cada persona. Són les creences bàsiques, les idees que et serveixen de mapa per a orientar-te pel món, i en són exemples les teues pretensions en l'àmbit de les relacions afectives, en el treball, el que penses d'una vida més enllà de la mort o la teua actitud envers unes altres ètnies i cultures. Senzillament, si no tingueres aquestes idees o valors series una persona diferent.

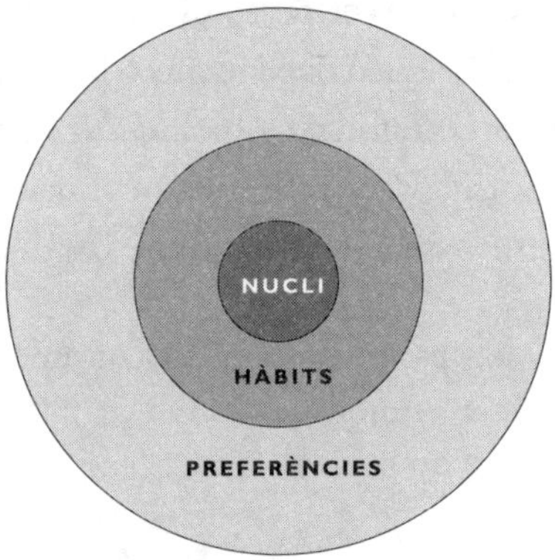

El gràfic mostra també un cercle intermedi, el *dels hàbits.* Aquests serveixen per a fer que la vida es puga predir, i que les nostres activitats diàries es desenvolupen amb facilitat. Si no tinguérem hàbits arrelats no podríem gaudir d'un oci mínimament organitzat, i ens costaria molt complir les nostres obligacions, per exemple, llegir una estona cada dia, quedar amb amics el cap de setmana, la higiene diària, practicar algun esport, estudiar a les vesprades, i un llarg etcètera.

Els hàbits defineixen menys les persones que els valors o actituds essencials, però també participen de manera important en la formació de la personalitat. Pensa com canviaria la teua vida de sobte si hagueres de modificar una bona part dels teus hàbits actuals.

El tercer cercle engloba les *preferències*; és allò que t'estimes més fer o no fer, però que en realitat pots canviar sense grans maldecaps. Per exemple, prefereixes fer esport de vesprada, però podries fer-ne de matí si canvia el teu horari o si un amic t'ho demana. Practicar un esport és un hàbit per a tu; fer-lo a unes hores o a unes altres és una preferència. Llegir és un hàbit, fer-ho abans de gitar-te o en acabar de dinar és una preferència.

El contingut d'aquests tres cercles és diferent per a cada persona. Per exemple, per a tu pot ser un valor essencial viatjar i conéixer altres cultures i persones, fins al punt que prefereixes tenir un treball que et permeta molta mobilitat, fins i tot que pugues deixar durant una temporada. En canvi, per a una altra persona, viatjar pot ser desitjable, però molt menys important que tenir un treball segur i fix, on puga realitzar-se o que li permeta dur una vida més cómoda.

Per a tu, el fet de viatjar estarà en el nucli, però no per a l'altra persona, qui posarà «viatjar» en el tercer cercle (les preferències) i un «treball segur» en el nucli.

Un fet fonamental d'aquests tres cercles és que *hi ha una relació directa i inversa entre la profunditat que posseeix un aspecte determinat de la personalitat i la possibilitat de canviar-lo*: els valors essencials no poden modificar-se si no és amb un gran esforç i dolor, que en general suposa un procés de transformació personal laboriós. Per exemple, els delinqüents que deixen de reincidir han de fer canvis en la seua manera de veure la vida, en la seua relació amb els altres, canvis que són molt exigents, per això costa tant abandonar una carrera delictiva prolongada.

La relació que té això amb el nostre tema és que, en general, *nosaltres no podem canviar ningú en allò essencial,* si això suposa modificar-ne els valors o els principis essencials, o si implica canviar molts dels hàbits que ajuden a estructurar la vida d'aquesta persona. Podem modificar-ne molt les preferències, i un poc els hàbits, això es tot. La relació entre els diferents cercles i la possibilitat de canvi és veu en el gràfic següent:

No importa que vulguem molt una persona. *Si és un home violent, per més que el vulgues no deixarà de ser un maltractador.* Pitjor encara: ja que aquest «esforçar-se per amor» suposa generalment que t'adaptes més a les seues exigències, els teus intents prolongats de conquistar-lo, de fer d'ell la persona que tu vols que siga, no faran més que augmentar el seu sentiment de domini i de control sobre tu, perquè aprendrà que actuant com ho fa cada vegada et sotmet més sota la seua tutela.

Per tant, acabem d'identificar una de les idees més pernicioses que pot tenir una xica, i que ajuda a encadenarla a l'home que estima: que és la seua missió canviar-lo, aconseguir que siga la persona que algunes vegades és encantador. Una variant d'això és la de «salvar el meu xic»: la dona s'imposa la missió de salvar-lo de la gelosia excessiva, de l'alcohol o d'una infància desgraciada. Però l'amor de la dona no el redimirà, *perquè ell no et vol en absolut; només desitja controlar-te.* Recorda aquest fet en la novel·la:

> Marta creia que tenia un deute amb Hèctor i es pensava que podia ajudar-lo. Tenia la teoria que la relació amb el seu pare, o la manca de relació més ben dit, l'havien desesperat. Hèctor no solia parlar-ne, es referia a ell com «l'execupetit» o «l'execumerdós», irònicament, amb menyspreu, però intuïa que la mort de Sofia, sa mare, els devia haver trasbalsats [...]. Al seu parer, això justificava els seus rampells de geni i les seues eixides de to, que l'esguitaven fins i tot a ella; internament, Marta somiava que un dia podria reconciliar pare i fill. (pàgs. 35-36)

I més endavant, en una de les mostres esporàdiques de sinceritat dels agressors, Héctor li diu la primera veritat fonamental des que la coneix:

> –No m'hauries d'estimar, tinc el cor ple d'odi –li va dir ell un dia. (pàg. 36)

Per tant, recorda: les persones no canvien en allò essencial; encara menys un maltractador, que fa de la violència el fonament de la seua autoestima (agressor dependent) o el seu estil de vida (agressor psicòpata). I en segon lloc, que el teu amor, per gran que siga, és incapaç de produir un canvi tal.

Es pot predir si una persona a qui coneixem i ens atrau pot ser perillosa?

1. L'autoconeixement

La investigació revela que les parelles més felices són aquelles en què els dos membres guarden un paregut substancial en els valors i els principis essencials, que comparteixen un nombre important d'hàbits, i que saben adaptar les seues preferències per a fer la vida agradable, donant per fet –com és obvi– que s'agraden i que estan enamorats. Si no hi ha atracció podem parlar d'amics compatibles o bons companys de treball o d'estudis, però en una parella, amor a llarg termini, amor que creix i és manté en el temps és el producte de l'atracció personal i la compatibilitat dels dos primers cercles: els principis o valors essencials i els hàbits.

Explique això perquè una primera fase en la tasca d'estar atenta davant de la possibilitat d'enamorar-se d'un home perillós és l'autoconeixement, és a dir, has de mirar el teu interior i preguntar-te què desitges en la vida, què és l'important per a tu, quins són els teus somnis i valors que vols que els que t'envolten compartisquen amb tu o, almenys, respecten.

Hi ha èpoques en la vida de desorientació, de dubtes sobre un mateix, especialment en l'adolescència, i particularment quan no hi ha una bona comunicació amb els pares. És el que li passa Marta, insegura davant la idea d'haver de prendre les regnes de la seua vida, i amb la creença errònia que ella va tenir la culpa de la ruptura amb Marcel, incapaç de comprendre que no podem controlar els altres, que només podem controlar el que podem fer nosaltres, no la resta de les persones.

Efectivament, una situació que fa més vulnerable a una xica per a ser pressa d'un agressor és la incapacitat de comunicar-se amb els familiars més pròxims, generalment els pares. Per descomptat, una bona relació no és una garantia d'estar lliure de passar per aquesta experiència, però això pot ser decisiu en molts casos, i potser –com a mal menor– servirà per a acurtar el període de dependència de la dona respecte de l'home.

> El fet de ser filla única té els seus avantatges però també els seus inconvenients. Per bé o per mal Marta era la reina de la casa, i Maria i Esteve a penes li van donar un moment de respir. Amb la seua actitud tan sol·lícita, més que ajudar-la a oblidar, li recordaven en tot moment que era una malalta, una convalescent d'amor. S'hauria estimat més parlar amb ells obertament dels seus sentiments, com quan de menuda renyia amb alguna amiga i els pares s'encarregaven d'aclarir-ho tot, però el pudor teixia ara entre ells una barrera infranquejable. O almenys hauria preferit que la deixaren estar, que li permeteren viure el dolor de la seua pèrdua com una adulta. (pàgs. 24-25)

I la resta de la conversa amb sa mare revela la ceguesa d'aquesta que prefereix endevinar una malaltia de moda –l'anorèxia–, o bé un «pas en fals» –un embaràs–, abans que intentar una relació d'igualtat, de «dona a dona» amb la seua filla, que li permeta realment ajudar-la.

D'altra banda, Marta assumeix amb por la responsabilitat de ser dona, té dubtes que fan trontollar la seua confiança, que la deixen inerme davant dels camins que l'esperen, i tot això amenaça la seua competència a l'hora d'assumir la responsabilitat de ser una dona autònoma:

Però tot això havia passat, era un temps definitivament perdut. Es va adonar en aquesta visita que alguna cosa havia canviat durant el mes que havia estat fora; va constatar amb malenconia que, per més que volguera, no tornaria a ser una criatura, que no podia comptar sempre amb els braços segurs del pare per resoldre-li els problemes, i que d'ara endavant estaria sola i s'hauria d'apanyar tota sola; en certa manera ho desitjava, i en certa manera tenia por. (pàg. 24)

El sentiment de culpa que experimenta Marta naix del desconeixement del fet que Marcel pren les decisions que afecten la seua vida, i que ella ha d'acceptar aquest fet sense que això supose que ha fracassat. D'ací que si una xica no té confiança en ella mateixa, és possible que tendisca a atribuir-se la responsabilitat de coses de les quals és innocent. «Confiança en un mateix» significa ací dues coses. Primer, que acceptem els mals resultats de determinats fets, perquè hem sigut honestos en tot moment, i el convenciment d'aquesta rectitud en obrar ens permet fer front als fets desagradables amb resignació. Així, quan ens diem: «He fet tots els possibles per aconseguir això», ja no es pot fer més. *Els possibles* implica que vam fer el millor esforç, encara que potser ens enganyàrem.

Segon, comprendre el que assenyala la teoria dels cercles concèntrics de l'amor: només podem governar el nostre comportament; els altres no poden viure com jo vull i com jo visc perquè són altres persones diferents de mi. *No podem pretendre que les persones es comporten com nosaltres voldríem que ho feren.*

A dir veritat, Marta no se sentia cap cigne. Des que Marcel se n'havia anat a Amsterdam no feia sinó torturar-se, pensava que devia haver fet alguna cosa que havia esgarriat la relació, que en tenia la culpa; encara no sabia que hi ha coses que escapen al nostre control, que passen perquè sí, a pesar nostre, com els canvis de l'oratge, alguns de suaus i altres d'inclements. (pàg. 15)

L'obsessió de la culpa pot ser molt més dolorosa quan s'està en aquesta etapa d'incertesa, quan una persona ha de prendre les regnes de la seua vida i no troba llaços afectius que la puguen ajudar a emprar el sentit comú i mirar amb ulls realistes a l'hora de jutjar la seua situació.

Això s'aprecia en la mirada melancòlica de Marta en el xicotet hort dels seus pares, quan la infància feliç pareix un eco llunyà en uns moments que l'omplin de temor i ansietat:

> En la seua expedició, Marta fins i tot va travessar alguns camps de secà i alguns pocs ermots que quedaven a la serra i es va aplegar a la seua antiga escola, que s'havia convertit feia pocs anys en un convent de frares i en un asil d'ancians. Fins ara això no l'havia amoïnada, però ara, de sobte, es va sentir malament; era com si algú conspirara per arrabassar-li la infantesa a dentades, això devia voler dir créixer, va pensar: morir cada dia un poc.
>
> Sense aquests referents, sense Marcel (el qual se n'havia anat perquè s'ofegava... Aquesta idea no l'abandonava, l'obsedia), Marta se sentia com caminant per damunt de brasses, i en va tenir prou. (pàg. 27)

Quan sabem quins són els nostres valors essencials i els hàbits sobre els quals hem instal·lat la nostra vida, és molt més fàcil que ens adonem de si una persona està amenaçant amb els seus actes i exigències aquests elements centrals de la nostra personalitat. Dit d'una altra manera: les xiques i els xics insegurs no saben qui són, «com són», què és de veritat el que desitgen i estimen, i d'aquesta manera poden acceptar amb més facilitat els canvis i les manipulacions que els seus «enamorats» els imposen.

Es pot predir si una persona a qui coneixem i ens atrau pot ser perillosa?

2. La intuïció

La intuïció és més que una paraula emprada popularment per a referir-se als pressentiments, a adonar-se d'alguna cosa sense que res semble advertir-ho. Es tracta d'un coneixement que hem acumulat que no està en el nivell conscient, però que està a disposició del nostre enteniment si aprenem a reparar-hi quan sorgeix davant dels ulls de la nostra consciència. Per exemple, un policia va a identificar un sospitós que es troba en un cotxe. Està fosc, el cotxe del sospitós s'atura a la vorera d'emergència i el policia s'hi dirigeix amb una llanterna. De sobte, quan està revisant la documentació del conductor amb el fil de llum de la seua llanterna, es fa a un costat i evita així que un acompanyant del conductor que estava amagat al seient de darrere el ferisca amb el revòlver que acaba de disparar.

En aquest cas la intuïció del policia l'ha salvat. Però, com ha operat aquesta intuïció? Els psicòlegs pensen que el policia ha reparat en un fet que l'ha alertat, que s'ha adonat en un nivell no conscient que «hi havia alguna cosa estranyaací darrere», i en el moment en què el policia ha percebut en la seua consciència l'alarma del perill –encara que no en sabera exactament la raó– ha saltat per a evitar ser tirotejat.

En el seu llibre *El dia en què l'univers va canviar*, l'historiador James Burke va assenyalar que «és el cervell el que realment veu, no l'ull. Efectivament, la realitat ja es troba en el cervell abans que tinguem l'experiència d'ella, o d'una altra manera els senyals que obtenim dels ulls no tindrien cap sentit». Aquesta afirmació subratlla una cosa: tenim al cap totes les peces del trencaclosques de la violència abans que les necessitem, perquè l'evolució ens ha dotat amb un sistema de «predicció natural» del perill. Així, quan a l'exterior apareix una amenaça per a la nostra supervivència la intuïció dispara aquest senyal d'alarma, ordena el trencaclosques, i ens diu: «Atenció!».

La intuïció avisa de diverses maneres: un estremiment sobtat, una ansietat quan ens trobem en determinades situacions, una sensació de por, un fort desgrat que no sabem explicar davant de la contemplació de determinats fets...

La supervivència és un dels grans motors de l'existència, i com a tal, és la tasca fonamental de la intuïció. «No sé com, però ho sabia!» és una expressió que reflecteix aquest coneixement intuïtiu. Les intuïcions més valuoses ens ajuden a preservar la salut física i psicològica. Quan vaig escriure *Amores que matan*, 32 de les 35 dones a qui vaig entrevistar van reconèixer que havien intuït que la seua parella era un home «estrany» en certs sentits, que alguna cosa en ells les havia alertades, però que, simplement, havien decidit no fer-ne cas.

I la veritat és que la intuïció mai no s'equivoca, perquè el seu missatge és sempre cert, en el sentit que ens diu que posem més atenció, que estudiem amb més deteniment el cas. Potser aquest xic no siga finalment un perill, però el que la intuïció t'ha dit és que explores millor determinats fets que et van fer sentir-te malament quan els vas percebre. I això és sempre positiu, per això dic que la intuïció mai no s'equivoca.

La crida de la intuïció sempre apareix, de manera més o menys nítida. Així, per exemple, en *L'infern de Marta:*

> Van caminar per l'esplanada del passeig marítim, i en arribar al final es van asseure al muret d'obra. Se sentia la mar invisible en trencar les ones, compassadament, com una banda sonora que algú haguera posat allí a propòsit per invitar a la confidència. Marta va pensar en Marcel, en com li agradaria estar amb ell, i, d'una manera inconscient, se li va escapar un sospir.
>
> –En què penses? –va preguntar Hèctor.
>
> Marta, que no volia ser descortesa, que no sabia ser descortesa, va comentar:
>
> –Oh, en la mar, en no res en concret, pensava que és bonic estar ací.
>
> –Ja.
>
> La jove es va sorprendre del to susceptible d'Hèctor, un poc acre, incrèdul: inoportú; li va semblar com si estiguera decebut d'alguna cosa. (pàgs. 19-20)

Aquesta sorpresa és una crida d'atenció; un sentiment d'alerta lleu que li ordena *que pose més atenció* en ocasions successives.

La intuïció també apareix en la conversa telefònica entre Marta i Hèctor que segueix el regal del ram de roses blanques. Tota aquesta escena mostra una Marta sorpresa, confusa: «Tot d'una, Marta es va sentir atabalada, la veu d'ell havia sonat peremptòria» (pàg. 28). Però ella no reflexiona sobre el fet que estan envaint la seua «zona de decisió», que la seua voluntat està sent forçada.

Una altra situació, la que es dóna en l'escena del restaurant; ell crida molt i li agarra la mà amb molta força:

> –No sap el que s'ha perdut, aquest imbècil, ets una tia fantàstica –va cridar un dia Hèctor, i li va agafar la mà amb tant de vigor que Marta va notar que li clavava el seu anell, un segell de plata que Hèctor duia en el dit menut –jo no et deixaré mai.
>
> Eren en una cafeteria, i ell havia pres algunes cerveses. Una altra parella que hi havia al costat es va girar. Marta va sentir com si un ressort li activara el cervell. La situació li semblava un pèl ridícula; va sentir palpitacions i la sang que li pujava instantàniament a la cara. (pàgs. 34-35)

En resum: en el context del tema que ens ocupa, l'avís de la intuïció es dóna quan una persona sent una «punxada» al seu interior (en forma de por, sorpresa, confusió, ansietat), un «clic» que li aconsella prudència i posar més atenció en determinats aspectes de la relació –amb el xic en qui està interessada– que potser violen alguns dels seus valors essencials. Quins aspectes? Un en particular que tots tenim: ser estimats i volguts, no humiliats i colpejats. És aquest un valor universal que cal reconèixer quan es transgredeix, i prestar atenció als signes que el violen, avisats per la intuïció, pot ser una primera ferramenta essencial en la prevenció.

Es pot predir si una persona a qui coneixem i ens atrau pot ser perillosa?

3. Coneixement dels mites de l'amor

Ja hem parlat adés del mite de l'amor que consisteix a creure que «l'amor ho pot tot», i la variant: «podem salvar, per amor, un home violent», i fer que siga una persona sensible i respectuosa amb la parella.

Un segon mite igualment estès és la idea que una persona ens pot estimar i, alhora, pegar-nos o abusar psicològicament de nosaltres (després tornem sobre l'abús psicològic o emocional). Moltes vegades els agressors intenten justificar-se pels seus actes al·ludint a moments molt anòmals de la seua personalitat, adduint que ells en realitat «no són així», que quan han actuat de manera violenta amb les seues parelles «no eren realment ells» els que van fer això, sinó que «es van tornar bojos» en aquell moment, i que és «impossible que això torne a passar»; altrament, els costaria fer entendre que colpegen algú a qui –suposadament– estimen.

Per a donar més credibilitat a l'explicació, poden incloure una clàusula que és un pur acte de manipulació, un clar xantatge emocional, alguna cosa com «jo no sé què faria si em deixares...».

Fixa't en aquests passatges de la novel·la:

> –No sé què em va agafar l'altra nit... supose que no era jo, havia begut molt, i de sobte vaig tenir por de perdre't. No ho suportaria, Marta, abans... (pàg. 44)

I continua:

> Un altre silenci. Marta no sabia què dir, buscava alguna paraula de consol, però sobretot es va quedar intrigada amb aquell *abans* que Hèctor havia deixat suspès enlaire com una amenaça; pel seu subconscient van desfilar les rodes d'un tren, un verí, una banyera plena de sang... i es

va estremir; va sentir aquesta esgarrifança com un senyal. (pàg. 44)

I la veritat és que, al marge de les amargures pròpies de tota vida, en soledat o en parella, *una persona que t'estima no es dedica a fer-te patir.* Es tracta d'una veritat evident, que amb molta freqüència és passada per alt, i a un preu molt elevat. De vegades la xica veu un avantatge en el fet de mantenir una relació amb una persona «difícil» si això li reporta algun altre benefici emocional, oblidant que aquest maltractament significa que no l'estima, i que difícilment això serà una solució. Per descomptat, és un signe d'immaduresa, de falta de confiança en una mateixa, i no s'albira en tals casos que el remei és molt pitjor que la malaltia.

A Marta, efectivament, la relació amb Hèctor li aprofita per a oblidar Marcel (consulta la pàgina 34).

Les novel·les i les pel·lícules mostren amors extrems, on moltes vegades el que es conclou és que un amor «gran» requereix grans patiments i maldecaps, a vegades, fins i tot, suportar mostres sistemàtiques de menyspreu (abús psicològic) i algun colp (abús o maltractament físic). És molt important que sàpies distingir la ficció de la realitat, i de la mateixa manera que en la vida real no hi va haver cap James Bond (o Bruce Willis) que salvara les víctimes innocents de l'atemptat terrorista a les Torres Bessones de Nova York, tampoc en la vida real un xic que t'afronta, t'aïlla, et controla o et pega es convertirà, a força de suportar-lo i d'estimar-lo, en un personatge de novel·la o d'una película... llevat que siguen de terror.

Es pot predir si una persona a qui coneixem i ens atrau pot ser perillosa?

4. Coneixement dels precursors de la violència

És cert que «cada persona és un món», però això no significa que no puguem preveure res del que ell o ella faça. Pensa en ton pare o en ta mare. Quantes vegades t'has imaginat el que ell o ella anava a fer o a dir davant d'una situació determinada? I quantes vegades has encertat? En efecte, si anem coneixent una persona amb el pas del temps, anirem reunint una sèrie de claus o indicadors que ens permetran predir com acceptarà tal cosa o tal altra, o si això serà o no del seu parer, o si aquest moment és propici per a donar-li una notícia en particular...

La predicció de què et parle no és de naturalesa matemàtica. No et dic: avalua quin percentatge de probabilitats té aquest xic de maltractar-te. El que et dic és que la investigació científica indica que determinades persones que reuneixen determinades característiques o indicadors tenen un risc més alt per a tu.

Pensa que si això no fóra possible no es podrien fer prediccions com les que es fan tots els dies en centres de detenció, presons o hospitals psiquiàtrics, que valoren si tal intern té una sèrie de factors de risc que desaconsellen que recupere la llibertat.

Fes atenció als indicadors següents que la investigació associa amb parelles masculines que han assetjat, agredit i fins i tot assassinat les seues dones. La llista és de l'investigador de la violència Gary de Becker. Becker esmenta 29 indicadors; aquests –diu– «no estan en tots els casos, però si en coincideixen uns quants en una situació (i com més n'hi ha, més motiu de preocupació), aleshores hauríem de fer-hi alguna cosa»:

1. La xica/dona té la intuïció que es troba en perill.
2. Al començament de la relació el xic/l'home va pressionar la dona perquè es comprometeren, visqueren junts o es casaren.
3. Resol els conflictes amb hostilitat, intimidant o sent agressiu.
4. Empra paraules i arguments que suposen abús psicològic (insulta, humilia, etc.).
5. Usa amenaces i intimidació com a mitjans de control o abús, com ara amenaces de pallisses, de calumnies, de restringir la llibertat de la parella, de revelar secrets, de deixar-la sense amics o diners, d'abandonar-la o de cometre suïcidi.
6. Trenca coses en atacs d'ira, moltes vegades amb un contingut simbòlic, com esgarrar la foto de boda, destrossar objectes significatius, etc.
7. Ha pegat a una altra o unes altres dones anteriorment.
8. Beu alcohol, es pren drogues amb efectes facilitadors de la violència (pèrdues de memòria, accessos d'ira, profunda suspicàcia, actes de crueltat, etc.).
9. Assegura que l'alcohol o les drogues són la causa del seu comportament violent (en altres paraules, com a excuses: «no era jo qui va fer això»).
10. Ha sigut arrestat anteriorment per fets com amenaces, coaccions, maltractaments o delictes de lesions.
11. Hi ha hagut més d'un incident de conducta violenta amb tu.

12. Usa els diners per a controlar les activitats, les compres i la conducta de la parella.
13. És gelós de qualsevol persona o activitat que li lleve control de la parella; li demana que explique tot el que fa.
14. No accepta que el rebutges.
15. Dóna per fet que la relació és per sempre, «sense que res ens puga separar», encara que el teu entusiasme no arribe a tant.
16. Projecta emocions extremes sobre altres persones (d'odi, amor, gelosia...) sense que pareguen justificades.
17. Lleva importància als incidents d'abús.
18. Empra molt de temps parlant de la parella, i se'n desprèn que una gran part de la vàlua o identitat d'aquesta es deriva del fet que ell és el seu marit, amant, nuvi, etc.
19. Intenta implicar els familiars o els amics de la parella en una campanya per a recuperar la relació, si aquesta s'ha trencat.
20. T'ha vigilat o t'ha perseguit.
21. Es pensa que les persones que t'envolten estan contra ell i que t'animen perquè el deixes.
22. Sembla molt rígid en la manera de pensar i no vol assolir cap compromís que li supose canviar.
23. Justifica la violència emprada per altres persones, quan un observador sensat la desaprovaria.
24. Pateix canvis sobtats en l'estat d'ànim, o bé sol estar depressiu o iracund.
25. Sol culpar els altres pels seus errors; no es responsabilitza de les seues accions.

26. Fa comentaris que et fan pensar que se sent poderós i dominador quan té una arma de foc (una escopeta, per exemple) o altres objectes susceptibles de causar la mort (una destral, una navaixa, etc.).
27. Empra els «privilegis de ser home» com una justificació per a la seua conducta (et tracta com una criada, ell pren totes les decisions importants, s'expressa despectivament sobre el teu sexe, etc.).
28. Va viure de menut en un ambient de violència.
29. Li tens por; tems que et pegue o fins i tot que faça alguna cosa pitjor.

D'altra banda, també és molt important que comprengues que molts dels indicadors de violència física agafen forma de violència psicològica. De fet, alguns homes es caracteritzen per ser, principalment, agressors psicològics. Potser no empren mai la violència física, o ho fan només molt ocasionalment, en circumstàncies de gran estrès per a ells. La seua manera d'actuar és, per consegüent, crear per a la parella un escenari on es produeix una obra tràgica i monòtona, de tan repetida, una obra en què ell és el director i ella la protagonista principal. No cregues ni per un instant que aquesta forma de violència és menys greu que l'anterior: una pallissa pot curar-se en una setmana; un atac emocional sistemàtic pot desequilibrar-te i fer-te patir durant molts anys de la teua vida.

Les possibilitats per a torturar psicològicament una dona són molt nombroses. Diverses investigadores de la violència domèstica assenyalen que els comportaments següents són els més habituals en l'agressió psicològica a la dona:

CONDUCTES HABITUALS D'AGRESSIÓ PSICOLÒGICA A LA DONA

1. M'ha tancat a casa, en una habitació, o en un local.
2. M'ha lligat amb una corda, cadena o alguna cosa semblant.
3. M'ha forçat a viure o a estar amb freqüència en llocs aïllats.
4. M'ha impedit veure els meus familiars o amics.
5. M'ha controlat l'ús del telèfon o del correu.
6. M'ha insultat («subnormal», «imbècil», etc.).
7. M'ha humiliat en públic (coses que avergonyeixen).
8. M'ha humiliat en privat.
9. M'ha controlat els diners al màxim.
10. M'ha pressionat perquè tinga relacions sexuals amb altres.
11. M'ha forçat a llegir / veure pornografia.
12. Ha intentat que crega que estic mal del cap.
13. Ha dit a altres que estic mal del cap.
14. Em menteix i em manipula sovint.
15. Assegura que sóc un fracàs absolut (en el treball, en l'escola, en la parella, etc.).
16. M'obliga a treballar moltes hores netejant la casa.
17. M'obliga a viure pendent perquè tot estiga al seu gust.
18. És obsessiu i inflexible amb detalls absurds (neteja, temperatura de l'ambient, horaris, etc.).
19. Dificulta el meu descans (dormir, un temps mínim lliure, etc.).
20. Em força a beure o a prendre drogues.
21. És desmesuradament gelós.

22. Em telefona sempre per tenir-me controlada.
23. M'impedeix treballar.
24. M'impedeix estudiar.
25. Procura sempre estar present quan estic amb altres persones.
26. Es nega a discutir els problemes quan jo ho exigisc.
27. Mai és capaç d'arribar a una negociació sobre res.
28. M'amenaça de matar-me.
29. M'amenaça de fer mal als xiquets o emportar-se'ls.
30. M'amenaça de suïcidar-se.
31. M'amenaça de fer mal a la gent que vull.

Deu semblar obvi que si la teua parella presenta una d'aquestes conductes de manera molt aïllada no està actuant com un agressor psicològic sistemàtic o crònic, encara que depenent del comportament en qüestió l'assumpte pot resultar-te molt nociu. Per exemple, no és el mateix que amenace de matar-te o que es negue a discutir amb tu els problemes. Però estigues atenta, especialment si et trobes al començament de la relació amb ell.

Aquestes accions d'abús han d'aprofitar-te per a discriminar en quina mesura, i de quina manera, el teu nuvi, parella o marit estan adoptant amb tu una posició de superioritat i de control intolerables.

Finalment, pots comprovar, veient aquesta relació de conductes d'abús, com l'assetjament (la persecució obsessiva, el control permanent de les teues activitats) suposa una de les formes més devastadores i persistents de terror psicològic. Les persones molt geloses i que volen saber on ets a cada moment (punts 21 i 22 de la llista) són les més proclius a assetjar-te, encara dins del matrimoni o de la convivència.

Hi ha aquest tipus d'indicadors en la novel·la *L'infern de Marta*? Sí que n'hi ha. Observa aquests passatges, que revelen una implicació inicial excessiva, un desig d'arribar a un nivell d'intimitat amb molta pressa, sense que realment el grau de relació aconseguit fins al moment ho permeta:

> –Has viscut a Londres? –va preguntar Marta.
>
> Els ulls d'ell van espurnejar:
>
> –Fins als nou anys. El pare hi va treballar a l'oficina central –Hèctor es va embalar–. La mare i jo fèiem una vida paral·lela, mig en secret. Ens perdíem al British, al Royal Albert Hall, al Covent Garden, al zoo de Regent's Park, cada dia era com una festa. Un dia em va dur al Museu de cera de Madame Tussaud... El coneixes? –no va esperar la resposta de Marta–. Em vaig cagar de por.
>
> –Degueres ser molt feliç –va intervenir ella.
>
> [...]
>
> –Algun dia caminarem junts pel cementiri de Highgate. Els dos sols. (pàg. 21)

Un altre exemple evident d'aquesta manera de procedir és l'episodi de l'obsequi de les flors, quan Hèctor, en la telefonada que fa poc després, la força perquè ella es comprometa a veure'l: «No he deixat de pensar en tu. Estic ací al costat. Vols que puge ara?». (pàg. 28)

I igualment veiem aquesta manera de sotmetre en aquest altre moment de la relació d'Hèctor amb Marta:

> La pregunta va ser dirigida directament a Marta, la qual va obrir la boca però no va encertar a contestar, sinó que se'l

va quedar mirant presa d'una gran excitació, tenia els cinc sentits posats en la mà que sentia bellugar-se sobre la seua esquena i que Hèctor havia depositat allí aprofitant el moviment cap endavant de Carme. (pàg. 33)

Un altre indicador, el control permanent, la invasió continuada de l'espai personal, es reflecteix també amb una nitidesa total:

Es van veure alguna altra vegada tots plegats, però més sovint tots dos sols. De fet Hèctor es va convertir des d'aquell dia en l'ombra de Marta; l'esperava sol·lícit a l'eixida de les classes o bé se la trobava casualment i l'acompanyava a casa. (pàg. 34)

Al costat de l'indicador anterior solen aparèixer l'aïllament i el domini de la voluntat de la víctima. Típicament, l'agressor l'aïlla perquè siga més fàcil guanyar la seua voluntat.

Un dia, el divendres 19 de novembre, van quedar amb Jofre, Júlia i Carme per a anar a la discoteca; feia quasi un mes que eixien junts, si es pot dir així, i Marta enyorava les seues amigues. Ara a penes es veien, tan sols al pis, i sempre d'esquitllentes; Hèctor la tenia «com mig segrestada», havia protestat Carme. (pàg. 37)

El procés de retirar-se del món per a no enfrontar-se amb la veritat i sota la pressió de la gelosia de l'agressor (Hèctor), sol continuar com a reacció a la pèrdua del control de la pròpia vida de la xica.

La gelosia formava part de la seua relació, Hèctor no ho podia evitar, l'exculpava Marta, i això la inquietava perquè no el volia fer patir, però sobretot perquè no hi havia motius. Per

> això, sense arribar a proposar-s'ho però com si el subconscient activara un senyal d'alarma, va acabar esquivant els companys de classe, alguns dels quals es van arribar a estranyar molt d'aquest canvi. Com per art de màgia, la Marta que coneixien: amable, simpàtica i planera, en poc més d'un mes havia esdevingut orgullosa, taciturna i distant. (pàgs. 50-51)

Aquest fet se suma al desig intens d'evitar noves situacions dramàtiques, de dolor psicològic o d'agressió física, i per a això la consigna és: sobreviure, no irritar a qui diu que ens estima...

> El problema és que, quan de sobte es van anar succeint aquestes escenetes, ja no sabies quin era el d'ara i el d'abans. Hèctor va dir a Marta que era gelós perquè l'estimava molt, i ella se'l va creure i va fer tot el possible per no irritar-lo. Recordava l'episodi llunyà de la discoteca i no volia repetir aquell malson de cap manera. Estava encegada, tenia por que la felicitat que tant li havia costat d'abastar se li escapara de les mans com l'aigua d'un colador. Com un animal enmig d'un incendi, Marta només pensava a salvar-se, i corria en qualsevol direcció, desesperada, sense parar esment en la raó. No s'adonava que fugia del foc per caure a les brasses, altrament s'hauria preguntat si, d'això que sentia i que tant la feia patir, d'aquesta incertesa, se'n podia dir felicitat. (pàg. 52)

En aquestes circumstàncies, la dona perd la capacitat de reaccionar davant d'allò que és obvi. Se'n va «a la deriva» (consulta la pàg. 58), desapareix com a persona, perquè no té forces per a reconèixer el terrible error i no es creu que puga existir la felicitat ja en cap lloc. Es precipita en una «fugida cap endavant».

I què podem dir de la gelosia devastadora? La gelosia exagerada és un aliat clàssic de la violència envers la dona. Observa el passatge en què apareix amb tota la força:

> Odiava les seues amigues, elles s'havien confabulat per apartar-lo d'ella. No li havia dit Júlia, en entrar, que cadascú havia de campar lliure? I ara allò de les... merda, com havien dit! Va pegar un colp de puny a un altaveu. «Sensacions fortes», sí, això havia dit..., i «homes de veritat». (pàg. 39)

Tot l'episodi de la discoteca és molt revelador d'aquest típic procés de gelosia; en especial, a partir de: «En els seus deliris, va arribar a veure Marta deixant-se grapejar els pits...» (consulteu les pàgs. 38-39).

Uns altres senyals adopten la forma d'actes que mostren una *agressió desplaçada*, és a dir, actes que podrien dirigir-se envers la xica en altres circumstàncies amb més gravetat, però que ara adopten una intensitat lleu. L'agressió «es desplaça» o es camufla fins a adoptar la forma de «jocs innocents». Això hauria de ser un senyal nítid per a Marta.

Així, en la pàgina 52 podem llegir:

> En una altra ocasió, poc després, Hèctor la va agafar també del canell i, mig de broma, mig seriosament (no sabia per què havia començat aquesta vegada), li va fer un poc de mal; volia obligar-la a confessar Déu sabia quina cosa, però després es va disculpar i va tornar a ser el mateix d'abans.

Encara que parega absurd, moltes xiques en mans d'agressors prefereixen no veure aquests senyals. És molt revelador en aquest text que segueix, on Marta s'interroga sobre una frase molt significativa pronunciada per Hèctor però prefereix oblidar-la i donar-li la raó:

> –Així és com comencen les susceptibilitats, no vull que ningú pense que me n'aprofite, com més organitzats estiguem menys discutirem –va dir ell amb fermesa–, així no s'escaparà ningú.
>
> «De què?», li va passar pel cap a Marta, però en comptes d'això va cedir:
>
> –Com tu cregues. (pàg. 67)

I encara està més clar en el passatge següent, quan, directament, Marta no vol veure totes les revelacions que li fan les seues amigues sobre Hèctor. Marta s'enfronta primer a Carme: «Tu no l'has volgut mai, veritat?, no li has donat cap oportunitat, l'odies» (pàg. 77). I el que segueix mostra l'encabotament de Marta davant d'una veritat que és molt evident:

> –Abans li donaria la mà a un escorpí, tens raó, almenys aquests no enganyen. Saps que van a picar-te i prou.
>
> –El que vol dir Carme és que potser nosaltres el coneixem una mica millor que tu...
>
> –Què vols dir? –va preguntar susceptible Marta.
>
> Les xiques no havien perdut el temps. Havien parlat amb Jofre, i li havien preguntat d'on s'havia tret aquell amic que no coneixia ningú a la Facultat de Dret. Jofre, però, tampoc no en sabia res, els havia dit; l'havia conegut poc abans; se li havia presentat ell al bar de la facultat i no havia parat de fer-li preguntes sobre Marta. Després no havia parat de donar-li la tabarra fins que va aconseguir aquella primera cita. D'altra banda, Carme i Júlia havien esbrinat que el seu

nom no constava en els fitxers de secretaria, ni en sabien res a la Complutense de Madrid. (pàg. 77-78)

Com és lògic, i finalment, les agressions físiques no poden ser negades. Marta en sofreix algunes d'importants, fins a les darreres pàgines en què fins i tot la seua vida corre perill. Tanmateix, queda una qüestió: per què Marta les va suportar, per què no van ser raó suficient perquè abandonara –i fins i tot denunciara– Hèctor. En bona mesura ja he contestat aquesta pregunta: tenim l'esperança irreal que l'agressor canvie, pensem que en realitat una mateixa és la culpable que ell la tracte malament, creiem que ningú més ens pot estimar, i que si el deixem no tindrem una nova oportunitat... Però, aprofundim un poc més en aquest punt.

Com podem eixir d'una relació violenta?

Moltes persones pensen que l'única cosa que ha de fer una dona per posar fi a tot això és abandonar l'agressor i anar-se'n; és clar, aquest és l'objectiu final, però les coses no són tan fàcils. En primer lloc, a causa dels esforços que ella ha hagut de fer per salvar la relació mitjançant la submissió, cada vegada es troba amb menys forces, i cada vegada més ha hagut d'acceptar que els problemes els tenia ella, i no ell.

Les xiques maltractades tenen dues opcions: o reconèixer que la seua parella és un individu detestable a qui cal abandonar, i acceptar honestament que una s'ha equivocat, o calfar-se el cap buscant un sentit, una «raó lògica», allà on sols hi ha una relació violenta perquè així ho vol –i necessita– l'home en particular. «Buscar el sentit» és una raó poderosa per a perdonar els maltractaments rebuts, per això Marta, després de l'agressió de la discoteca, vol tornar a parlar amb Hèctor:

> Finalment, Marta va voler posar-se al telèfon, a pesar de les protestes de les amigues: necessitava saber. No havia deixat de reviure els successos d'una setmana abans, però no hi trobava cap sentit, i acabà perdent-se en detalls espuris: la intenció d'una frase o un gest repetit en la seua memòria tantes vegades que va arribar a dubtar que s'haguera produït. I al final de tot la bufetada. A hores d'ara no sabia què l'havia originada, què havia molestat tant Hèctor. Havia de tenir una raó poderosíssima, altrament no entendria res. (pàg. 42)

A això es pot afegir el sentiment previ de culpabilitat, la inseguretat bàsica que acompanya moltes dones que es neguen a comprendre que la gent ha de prendre les seues pròpies decisions en la vida, i que no podem ser responsable de les eleccions que du a terme una altra persona:

> A pesar de les protestes assenyades de Carme i de Júlia, a pesar fins i tot del seu sentit comú, tornà a planar sobre ella el fantasma de Marcel, que se n'havia anat perquè s'ofegava, i en el seu desesper es va arribar a pensar que ella tenia la culpa de no sabia ben bé què. (pàg. 42)

Quan les forces abandonen Marta, quan va «a la deriva», diem que es troba en una situació psicològica de profunda desesperança o de *desemparament après*. És un sentiment aclaparador de col·lapse; l'individu no hi veu cap eixida, «faça el que faça les coses no canviaran», pensa amb l'ànim profundament abatut.

> Marta es deixava fer; es va sorprendre d'haver-se quedat tot d'una eixuta; li semblava que això li ho estaven fent a una altra persona, per això no lluitava, només tenia ganes d'arribar a casa i prendre's un parell de somnífers. Que atractiu que li va semblar llavors poder dormir per sempre, posar fi d'una vegada a aquella infàmia contínua. (pàg. 86)

En aquestes circumstàncies, com es pot produir l'eixida? D'on cal prendre impuls per a eixir d'aquest infern?

En primer lloc és necessari que la víctima reconega que la seua permanència al costat de l'agressor és una elecció personal, una decisió seua: «Hèctor li havia dit... i ella havia escollit creure'l, no sabia ben bé per què» (87). Això requereix un procés profund de reflexió personal –encara que no necessàriament conscient–, que pot venir de diferents camins, moltes vegades desconeguts fins i tot per a la persona que ho experimenta. Pot ser l'acumulació rebuda de vexacions; un record dels ideals i els somnis de la infantesa que es bota foc com una explosió en la nostra ment; les paraules recordades d'amics que en un moment determinat, i per primera vegada, resulten diàfanes en la seua veritat aclaparadora... Siga el que siga, aquesta il·luminació interior (aquest home no m'estima, és només un agressor egocèntric!) desperta, com a segon pas, una ràbia interior, *un coratge* que exigeix a la xica lluitar per la seua dignitat de persona que no pot tolerar aquest tracte.

El coratge per a reconèixer la veritat i per a, plena de ràbia, voler eixir-ne, produeix a continuació, com a símptoma inequívoc de la recuperació, un sentiment d'estranyament envers allò que ella ha fet durant el transcurs de la relació:

> Marta va sentir de sobte una buidor quasi física, com si li hagueren arrancat les tripes; era molt estrany haver conviscut amb algú de qui no sabia res i que, no obstant això, era el pare del seu fill. No era absurd, per tant, que buscara un perquè en aquelles fotos, que n'examinara cada detall, tractant de descobrir alguna cosa que li revelara els contorns del fantasma que havia compartit durant més de mig any la seua vida i que justificara d'alguna manera el seu amor. (pàg. 93)

Ara és el moment, en segon lloc, de buscar ajuda. Parla amb un adult de qui et fies, o posa't en contacte amb els serveis d'atenció a la dona.

La teua llibertat i la teua felicitat estan en joc.

EPÍLEG
ELS LÍMITS DE LA MALDAT

Malauradament, *L'infern de Marta* està lluny de ser una ficció inversemblant, perquè transmuta en literatura una realitat massa quotidiana: la de milers de dones assetjades, humiliades, torturades i fins i tot –en dotzenes de casos a l'any a l'Estat espanyol– assassinades.

No hi ha dubte que la situació de desigualtat social, econòmica i política que pateix la dona contribueix a perpetuar aquest fenomen. Però no és menys cert que la majoria dels homes tracten amb respecte les dones, i que només una minoria –encara que això significa «massa» en tots els sentits– abusa psíquicament o físicament de les seues parelles. Atès que la major part d'aquests subjectes continuarà pegant si no se'ls deté i se'ls impedeix fer-ho, la veu dels tribunals de justícia ha de sentir-se com un tro, com a expressió legítima d'una societat que no pot seguir tolerant aquest estat de coses.

No obstant això, cap jutge no pot actuar fins que el crim s'ha executat. A diferència del que succeeix en la pel·lícula de Steven Spielberg *Minority Report*, en què hi ha una «Unitat de precrim» que pot actuar abans que ho faça l'assassí, i evitar així que es cometa l'homicidi, el jutge en la vida real ha d'esperar que la dona denuncie els maltractaments abans d'actuar, i això significa, generalment, que la víctima fa molt de temps que aguanta la situació, per les raons que hem explicat en aquestes pàgines.

Els agressors de dones amb trets psicopàtics juguen amb l'avantatge que el seu comportament i les seues motivacions són inescrutables per a la gent normal, per això és tan difícil descobrir-los. Quan es comprenen els límits de la maldat, la seua realitat diàfana, que existeix sense necessitat que hi haja una bona raó que la justifique, s'arriba a l'etapa de la revelació i l'horror, de la qual solament es pot eixir si hi ha encara un alè d'energia, un desig de viure ancorat en els records de les coses i les persones que alguna vegada van ser importants per a la xica, i que li ofereixen una última oportunitat de lluitar per tornar a ser qui vertaderament s'és: «A Marta li va fer l'efecte de no entendre un borrall... perquè ningú pot imaginar allò que desconeix» (pàg. 94).

La novel·la de Pasqual Alapont i aquestes pàgines meues volen ser un humil intent de traure a la llum els límits de la maldat, de proclamar als quatre vents: «Parlem de tot això!: xics i xiques, professors i alumnes, pares i fills». Perquè quan a l'agressor se'l veu venir, quan la víctima potencial coneix els seus ideals i s'alça orgullosa sobre el reconeixement de la seua dignitat, aleshores caurà la màscara de l'amor davant dels seus ulls.

ÍNDEX

Del mateix autor

Fi de culs a Mallolca
Pasqual Alapont
ISBN: 978-84-9824-083-2
«Espurna», 77

El viatge a Palma no podia començar millor: quan salpa el vaixell, Mariona queda «oblidada» al port de Dénia. Un aperitiu del que vindrà, per a deses-peració dels professors, que tracten de controlar una colla d'adolescents amb la libido desfermada i el trellat justet. Els protagonistes d'aquesta aven-tura singular aprofiten qualsevol excusa per a armar-la ben grossa i, si és possible, lligar. Mai un viatge de final de curs havia alçat tanta polseguera.

Del mateix autor

Barrots Daurats
Pasqual Alapont
ISBN: 978-84-9824-041-2
«Espurna», 73

La vida d'Àlex es troba en un carreró sense eixida. Arran d'un accident de moto, la seua nòvia ha perdut la vida, i per a ell ja res no té importància. En aquestes circumstàncies coneix Núria, una jove que pertany a una associació d'amics d'Egipte. El contacte amb aquesta gent obri a Alexandre un món nou, però també, gradualment, fa que s'endinse en una xarxa esotèrica on la seua pròpia vida pot estar en perill.

Del mateix autor

Menjaré Bollycaos per tu
Pasqual Alapont
ISBN: 978-84-7660-551-6
«Espurna», 45

El pare de Cristina és una calamitat. Qui sinó ell muntaria una orxateria a Londres? Fóra com vendre estufes al Sàhara. Aquesta idea insensata provoca la separació de la seua filla i el seu xicot Ramon, però, gràcies al correu electrònic, el seu contacte és diari. Així ens fan partícips dels seus sentiments, modificats per l'aparició de personatges tronats, com ara Charlie Purdey, el dentista de St. Marylebone, que somia fer contorsions carnals amb la mare de Cris; o els Zanetti, una esbojarrada família calabresa empeltada al cor de Londres.